O CAÇADOR
DE HISTÓRIAS

EDUARDO GALEANO

O CAÇADOR DE HISTÓRIAS

Tradução de Eric Nepomuceno

3ª EDIÇÃO

A L&PM Editores agradece à Siglo Veintiuno Editores pela cessão da capa e das ilustrações internas deste livro.

Texto de acordo com a nova ortografia.

Título original: El cazador de historias
1ª edição: maio de 2016
3ª edição: novembro de 2019

Tradução: Eric Nepomuceno
Arte da capa: Tholön Kunst. *Ilustração*: desenho do Monstro de Buenos Aires, como era chamado pelo sacerdote francês Louis Feuillée, que esteve pelo sul da América em 1724 e publicou em Paris o que viveu (ver pág. 27)
Adaptacão da capa: Eugenia Lardiés
Ilustrações do miolo: colagens de Eduardo Galeano, inspiradas em autores anônimos da arte popular e em obras de April Deniz, Ulisse Aldrovandi, William Blake, Albrecht Dürer, Théodore de Bry, Edward Topsell, Enea Vico, Pieter Brueghel o Jovem, Hieronymus Bosch, J.-J. Grandville, Collin de Plancy e Jan van Eyck
Revisão: Marianne Scholze e Jó Saldanha

CIP-Brasil. Catalogação na publicação
Sindicato Nacional dos Editores de Livros, RJ

G15c

Galeano, Eduardo, 1940-2015
    O caçador de histórias / Eduardo Galeano; tradução Eric Nepomuceno. – 3. ed. – Porto Alegre, RS: L&PM, 2019.
    272 p. : il. ; 21 cm.

    Tradução de: *El cazador de historias*
    ISBN 978-85-254-3414-2

    1. Literatura uruguaia. I. Título.

16-32419   CDD: 868.993953
                    CDU: 821.134.2(899)-3

© Eduardo Galeano, 2016

Todos os direitos desta edição reservados a L&PM EDITORES
Rua Comendador Coruja, 326 – Floresta – 90.220-180
Porto Alegre – RS – Brasil / Fone: 51.3225.5777
Pedidos & Depto. Comercial: vendas@lpm.com.br
Fale conosco: info@lpm.com.br
www.lpm.com.br

Impresso no Brasil
Primavera de 2019

Sumário

Nota do editor argentino 3

Nota do tradutor brasileiro 5

Gratidões 9

Moinhos de tempo 11
    Pegadas 13
    Elogio da viagem 14
    Os livres 15
    Os náufragos 16
    O vento 17
    A viagem do arroz 18
    O respirar perdido 19
    As estrelas 20
    Encontros 21
    O novo mundo 22
    A satânica diversidade 23
    Costumes bárbaros 24
    Mudos 25
    Cegos 26
    O Monstro de Buenos Aires 27
    Surdos 28
    O poderoso zero 29
    Perigo 30
    O Evangelho segundo Cochabamba 31
    A explicação 32
    A natureza ensina 33
    Éramos bosques caminhantes 34
    A paineira 35
    A aroeira 36
    Com os avós não há quem possa 37
    A pele do livro 38
    Símbolos 39
    Mão de obra 40

Os aliados de Urraká 41
O fundeiro 42
Os profetas de Túpac Amaru 43
Buenos Aires nasceu duas vezes 44
A primeira flauta 45
O tambor 46
Concurso de velhos 47
Um contador de contos me contou 48
Samuel Ruiz nasceu duas vezes 49
José Falcioni morreu duas vezes 50
A viagem da terra 51
Terra indignada 52
Homenagens 53
Andresito 54
A garra charrua 55
A viagem do café 56
Cafés com história 57
Esplendor do meio-dia 59
As mãos da memória 61
A memória não é uma espécie em vias de extinção 62
Sementes de identidade 63
A oferenda divina 64
Amnésias 65
Procura-se monstro 66
Damas e cavalheiros! 67
Vamos passear 68
Estrangeiro 69
Esopo 70
Uma fábula do tempo de Esopo 71
Se o Larousse está dizendo 72
Assim nasceu Las Vegas 73
Repita a ordem, por favor 74
O trono de ouro 75
Pequeno ditador ilustrado 76
Pequeno ditador invencível 77
O assustador 78
O purgatório 79
Portas fechadas 80
Invisíveis 81

A primeira greve	82
O quebra-ventos	83
Ecos	84
A ordem foi restabelecida?	85
Ninhos unidos	86
A outra escola	87
A militante	88
A costureira	89
A perigosa	90
O olho do amo	91
Heróis admiráveis, hóspedes indesejados.	92
Sanguessugas	93
Aleluia	94
A Virgem privatizada	95
O bem-vindo	96
As portas do Paraíso	97
Viagem ao Inferno	98
Minha cara, sua cara	99
Máscaras	100
A sapatada	101
O médico	102
A paz da água	103
Havia uma vez um rio	104
Havia uma vez um mar	105
Será preciso mudar de planeta	106
Uma nação chamada Lixo	107
Aprendizes de feiticeiro	108
Autismo	109
Jogo de adivinhar	110
O preço das devoções	111
Profecias	112
Magos	113
Brevíssima síntese da história contemporânea	114
Diagnóstico da Civilização	115
Relatório clínico do nosso tempo	116
Sabedorias/1	117
Sabedorias/2	118
O que o rio me contou	119
O herói	120

O repórter 121
Disputas 122
A reportagem mais prestigiosa 123
O calado 124
O contador de histórias 125
O cantor 126
O músico 127
A poeta 128
A viciada 129
O batismo 130
A sequestrada 131
A dama da lupa 132
A ídola 133
A primeira juíza 134
Outra intrusa 135
Bendito sois vós, Dalmiro 136
O direito ao saqueio 137
Juro 138
As guerras do futuro 139
Calúnias 140
A guerra contra as guerras 141
Revolução no futebol 142
Sirva-me outra Copa, por favor 143
O ídolo descalço 144
Eu confesso 145
A bola como instrumento 146
Trambiqueiros, porém sinceros 147
Depravados 148
O condenado 149
O proibido 150
O querido, o odiado 151
Bendito seja, sempre, o riso 152
O tecelão 153
O chapeleiro 154
Os tecidos e as horas 155
O carpinteiro 156
O descobridor 157
O ginete da luz 158
O escultor 159

O cozinheiro 160
O bombeiro 161
Artistas 162
O defunto 163
Papai vai ao estádio 164
Pegadas perdidas 165
Ausente sem avisar 166
A oferenda 167
As outras estrelas.. 168
Os reis do campo-santo 169
Último desejo 170
A música nos gatilhos 171
Cores 172
Corpos que cantam 173
O corpo é um pecado... 174
Sagrada família 175
Primeira juventude 176
O prazer, privilégio masculino 177
Virtuosos 178
Castigos... 179
Bésame mucho 180
A desobediente 181
Crônica gastronômica.. 182
Culpadas 183
A maldita 184
Love story 185
Piolhos 186
Aranhas 187
Aquela nuca 188
Aqueles olhos.. 189
O som atrevido 190
Briga de casal 191
Confusões de família.. 192
Revelações.. 193
O taxista 194
A recém-nascida 195
Afrodite... 196
Lilário.. 197
O inventor 198

Meninos que batizam..199
Lá na minha infância 200
A vocação..201
Essa pergunta..202
A chuva..203
As nuvens..204
O rio esquisito 205
Os caminhos do fogo 206
A lua..207
O mar..208

Os contos contam 209

Prontuário 233
Autobiografia completíssima 235
Brevíssimos sinais do autor 236
Por que escrevo/1 237
Anjinho de Deus 239
Por que escrevo/2 240
Silêncio, por favor...242
O ofício de escrever..243
Por que escrevo/3 244

Quis, quero, quisera 247
Viver por curiosidade 249
Última porta 250
Pesadelos...251
Ao fim de cada dia..252
Ao fim de cada noite 253
Viver, morrer...254
Quis, quero, quisera..255

Índice de nomes..257

Nota do editor argentino

Eduardo Galeano morreu no dia 13 de abril de 2015. No verão de 2014 tínhamos concluído, até o último detalhe, *O caçador de histórias*, inclusive a imagem da capa, que, como costumava acontecer, ele mesmo tinha escolhido, a do Monstro de Buenos Aires, que ilustra esta edição. Tinha dedicado os anos de 2012 e 2013 a trabalhar neste livro. Como seu estado de saúde não era bom, decidimos atrasar a publicação como uma forma de protegê-lo da trabalheira que costuma ser todo lançamento editorial.

Em seus últimos meses de vida continuou fazendo uma das coisas que mais gostava de fazer, que era escrever e polir os textos uma e outra vez.

Havia começado uma obra nova, da qual deixou escritas algumas tantas histórias. Gostava da ideia de chamar esse livro novo de *Rabiscos*.

Depois da sua morte, assim que foi possível retomar o plano de publicar *O caçador de histórias*, voltamos a esse projeto inacabado, relemos as histórias e sentimos que várias delas tinham tantas coisas em comum com as de *O caçador* que mereciam se integrar ao livro. Por isso, uma vintena desses "rabiscos" formam parte deste volume.

Vários deles tinham como tema a morte. Eduardo sempre foi um homem sóbrio, talvez fazendo justiça aos seus genes gauleses que tanto renegava, e não costumava falar, em tom grave, de suas enfermidades e doenças, nem mesmo nos últimos tempos. Este punhado de textos parecia ser uma pista do que ele imaginava ou pensava sobre a morte. São tão belos e impactantes que quisemos incluí-los, e para isso nos permitimos somar a quarta parte deles ao livro original. Para essa seção demos o título de um poema que ele tinha escolhido como fecho do livro, e que efetivamente encerra esta obra: "Quis, quero, quisera".

Fora desses acréscimos, respeitamos todas as suas indicações, obsessivas e amáveis como sempre.

Não é fácil pôr o ponto final a esta tarefa na qual não estivemos só nós dois. Daniel Weinberg contribuiu com valiosos comentários e observações. Gabriela Vigo e o resto da equipe da editora Siglo XXI trabalharam com profissionalismo durante o longo processo de edição, certamente motivados de maneira especial pelo particular carinho que todos sentiam e sentem por Eduardo.

Agradeço a Helena Villagra pela sua preciosa ajuda para dar forma definitiva a *O caçador de histórias*. Foi um trabalho prazeroso, de reencontro com um autor muito querido e, ao mesmo tempo, inevitavelmente difícil.

Carlos E. Díaz

Nota do tradutor brasileiro

A primeira tradução que fiz de Eduardo Galeano foi do conto "O monstro meu amigo", em 1974. Foi também a primeira vez que se publicou um texto dele no Brasil, em uma antologia de contos destinada a jovens leitores.

Lembro de nós dois num café vizinho ao meu endereço de Buenos Aires, na esquina de Canning e Beruti, revisando linha por linha. Depois foi a vez do primeiro livro dele publicado aqui, os contos de *Vagamundo*, e do segundo, o romance *A canção da nossa gente*. Foi dele a sugestão de mudarmos o título, *La canción de nosotros*, para evitar confusões. É que naquele 1975 ou 76 Roberto Carlos fazia sucesso justamente com "A nossa canção".

De lá para cá foram outros catorze ou quinze. Perdi a conta.

De todos os autores que traduzi, ele foi o único a revisar comigo cada linha, negociando palavra por palavra. Isso, desde sempre.

Era de uma exigência assombrosa, de um rigor extremo. Conhecia perfeitamente o português falado no Brasil, sabia descobrir a musicalidade das palavras, rearmávamos as frases para que, como dizia ele, ficassem "redondas". Juntos, buscávamos palavras inexistentes para trazer ao meu idioma os neologismos que ele criava no dele.

Às vezes era turrão, outras, aceitava de saída minhas sugestões.

Nos antigamentes, inventávamos maneiras de nos encontrarmos para, folhas impressas nas mãos, ir remexendo palavra por palavra. Assim trabalhamos em Madri e Barcelona, em Buenos Aires e na Cidade do México, no Rio de Janeiro e Montevidéu, em São Paulo e Havana.

Depois, tempos modernos, conversávamos longamente pelo correio eletrônico. Trabalhar à distância não tinha, é claro, a graça de antes. Por isso mesmo muitas vezes dávamos um jeito de nos encontrar para a revisão final-final, que era sempre a penúltima.

Agora, pela primeira vez fiz uma tradução – esta, de *O caçador de histórias* – sabendo, com desolada amargura, que não revisaríamos juntos. *O caçador de histórias* é Eduardo em estado puro. O humor veloz de sempre, a tremenda carga de poesia, a indignação à flor da pele, o alumbramento pelas pequenas coisas que mostram a grandeza da vida, a confiança sem remédio na vida e no ser humano. Foi imensa a dor de saber que não negociaríamos nenhuma palavra, nenhuma frase: naveguei no breu.

Qual a solução que ele daria, por exemplo, no caso da centenária Confeitaria Colombo, do Rio de Janeiro, que ele chama de Café Colombo?

Posso ouvir Eduardo dizendo, enfático e risonho: "Ora, é uma licença poética. O nome é Confeitaria, tudo bem, mas a alma é de Café". E assim deixei, assim fui adivinhando.

Eduardo e eu nos vimos pela última vez em janeiro do ano passado. Foram dois prolongados encontros em sua casa de Montevidéu. Perguntei se tinha terminado o livro novo. Ele respondeu que quase. Não acreditei.

Explico: a verdade verdadeira é que, nos últimos dez ou quinze anos, houve sempre um assunto – um único – em que Eduardo Galeano mentia para mim: cada vez que eu perguntava por um livro novo, ele dizia que estava trabalhando com calma. Às vezes se passavam alguns meses até que o tal livro novo aterrissasse na minha mão. Às vezes, poucas semanas. O livro estava pronto, e ele não me contava.

Naquele janeiro de 2015 ele disse para Martha, minha companheira, que estava trabalhando "nuns rabiscos". Também não acreditei, achando que era sua maneira de mencionar o tal livro novo que não estava pronto.

Até nisso Eduardo se manteve fiel a essa tradição: mentiu para mim, pois o livro estava pronto, e é este aqui. E não mentiu para Martha, porque ele estava, sim, trabalhando nos tais rabiscos. Alguns acabaram entrando em *O caçador de histórias*.

Foi, pois, a primeira vez que traduzi Eduardo sabendo que ele não estaria ao meu lado na hora de revisar tudo, linha a linha, palavra por palavra.

Foi a primeira vez que traduzi Eduardo sabendo que já não perguntarei pelo livro novo. Já não haverá livro novo.

O vazio deixado por ele – sou órfão desse irmão mais velho que a vida me deu – é imenso. Cada palavra desta tradução foi negociada na sua ausência. Foi negociada com a memória mais ampla e profunda que guardo de Eduardo.

Espero ter honrado a nossa parceria de 42 anos.

Abraço você, meu irmão caminhante, meu irmão tecelão, meu irmão caçador.

Abraço suas histórias.

Eric Nepomuceno, abril de 2016

Gratidões

Este livro é dedicado aos companheiros que me ajudaram, fazendo o livro comigo: Alfredo López Austin, Mark Fried, Lino Bessonart, Carlos Díaz, Pedro Daniel Weinberg e outros amigos. E sobretudo e sempre, a Helena Villagra.

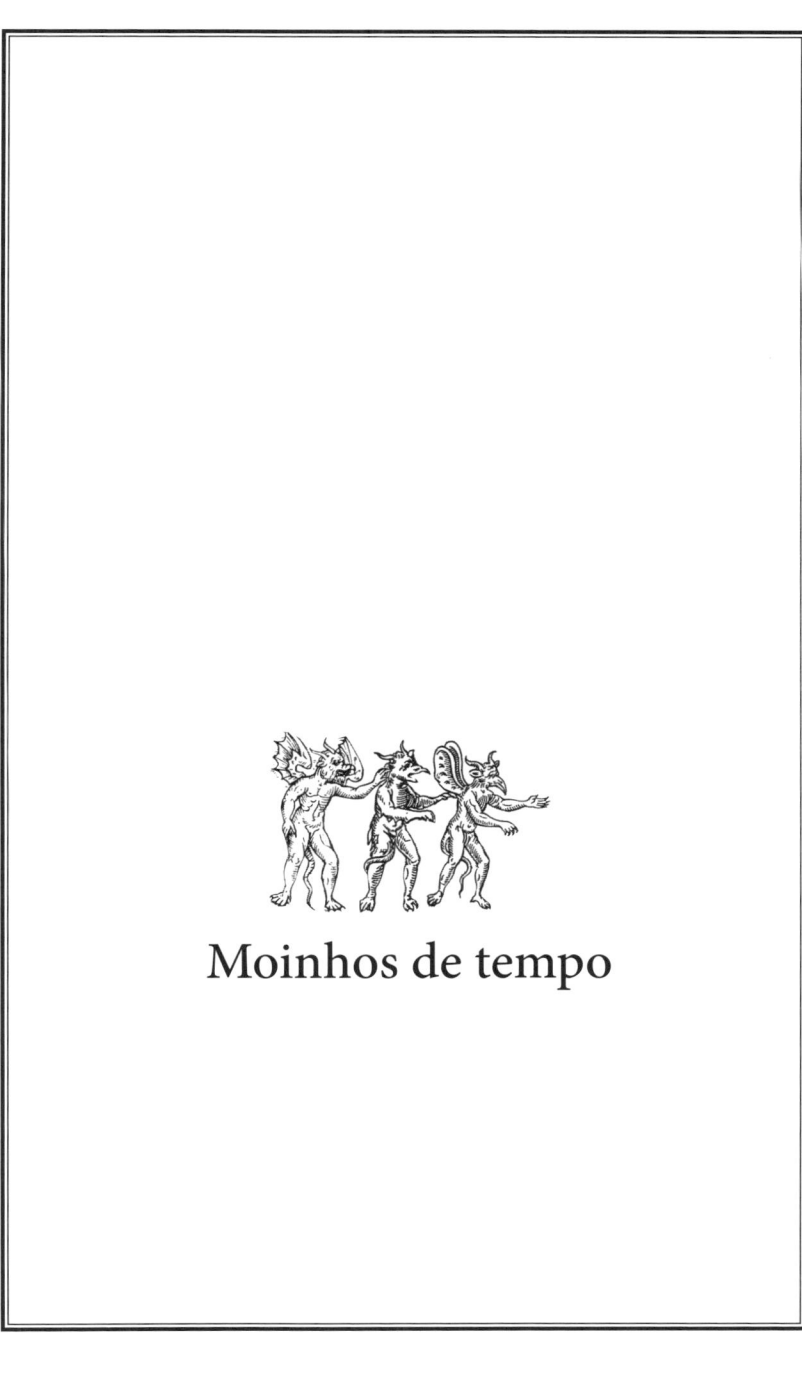

Moinhos de tempo

Pegadas

O vento apaga as pegadas das gaivotas.
As chuvas apagam as pegadas dos passos humanos.
O sol apaga as pegadas do tempo.
Os contadores de história procuram as pegadas da memória perdida, do amor e da dor, que não são vistas, mas que não se apagam.

Elogio da viagem

Nas páginas de *As mil e uma noites*, se aconselha:
— *Vá, amigo! Abandone tudo e vá! Para que serviria a flecha se não escapasse do arco? Soaria como soa o harmonioso alaúde se continuasse a ser um pedaço de madeira?*

Os livres

De dia, são guiados pelo sol. De noite, pelas estrelas.
Não pagam passagem e viajam sem passaporte e sem preencher formulários na alfândega e na imigração.
Os pássaros, os únicos livres neste mundo habitado por prisioneiros, voam sem combustível, de polo a polo, pelo rumo que escolhem e na hora que querem, sem pedir licença aos governos que se acham donos do céu.

Os náufragos

O mundo viaja.
    Carrega mais náufragos que navegantes.
    Em cada viagem, milhares de desesperados morrem sem completar a travessia ao prometido paraíso onde até os pobres são ricos e todos moram em Hollywood.
    Não duram muito as ilusões dos poucos que conseguem chegar.

O vento

Espalha as sementes, conduz as nuvens, desafia os navegantes.
Às vezes limpa o ar, e às vezes suja.
Às vezes aproxima o que está distante, e às vezes afasta o que está perto.
É invisível e é intocável.
Acaricia você, golpeia você.
Dizem que ele diz:
– *Eu sopro onde quiser.*
Sua voz sussurra ou ruge, mas não se entende o que diz.
Anuncia o que virá?
Na China, os que preveem o tempo são chamados de *espelhos do vento.*

A viagem do arroz

Em terras asiáticas, o arroz é cultivado com muito cuidado. Quando chega o tempo da colheita, os talos são cortados suavemente e reunidos em ramos, para que os ventos maus não levem sua alma embora.

Os chineses das comarcas de Sichuan recordam a mais espantosa das inundações havidas e por haver: ocorreu na antiguidade dos tempos e afogou o arroz com alma e tudo.

Só um cão se salvou.

Quando finalmente chegou a vazante, e muito lentamente foram se acalmando as fúrias das águas, o cão conseguiu chegar até a costa, nadando a duras penas.

O cão trouxe uma semente de arroz grudada na cauda. Nessa semente, estava a alma.

O respirar perdido

Antes do antes, quando o tempo ainda não era tempo e o mundo ainda não era mundo, todos nós éramos deuses.

Brahma, o deus hindu, não conseguiu suportar a competição: roubou de nós o respirar divino e o escondeu em algum lugar secreto.

Desde então, vivemos buscando o respirar perdido. Procuramos no fundo do mar e nas alturas mais altas das montanhas.

Lá da sua lonjura, Brahma sorri.

As estrelas

Nas margens do rio Platte, os índios pawnees contam a origem.
    Nunca dos nuncas os caminhos da estrela do entardecer e da estrela do amanhecer se encontravam.
    E quiseram se conhecer.
    A lua, amável, acompanhou as estrelas no caminho do encontro, mas em plena viagem atirou-as no abismo, e durante várias noites riu até gargalhar por causa da brincadeira.
    As estrelas não desanimaram. O desejo deu força a elas para subir lá do fundo do precipício até o alto céu.
    E lá em cima se abraçaram com tanta força que já não se sabia qual era qual.
    E desse abraço imenso brotamos nós, os caminhantes do mundo.

Encontros

Tezcatlipoca, deus negro, deus mexicano da noite, mandou seu filho cantar junto com os crocodilos músicos lá no céu.

O sol não queria que esse encontro acontecesse, mas a beleza proibida não deu confiança a ele e reuniu as vozes do céu e da terra.

E assim se uniram, e aprenderam a viver unidos, o silêncio e o som, os cânticos e a música, o dia e a noite, a escuridão e as cores.

O novo mundo

Talvez Ulisses, levado pelo vento, tenha sido o primeiro grego que viu o oceano.

Eu imagino seu estupor quando a nau passou pelo estreito de Gibraltar e diante de seus olhos abriu-se aquele mar imenso, vigiado por monstros de bocarras sempre abertas.

O navegante não pôde nem mesmo suspeitar que para lá daquelas águas muito salgadas e daqueles ventos bravios havia um mistério mais imenso, e que ainda não tinha nome.

A satânica diversidade

Em meados do século dezessete, o sacerdote Bernabé Cobo terminou, no Peru, de escrever sua *História do Novo Mundo*.

Nessa obra volumosa, Cobo explicou o motivo pelo qual a América indígena tinha tantos deuses diferentes e tão diversas versões da origem de sua gente.

O motivo era simples: os índios eram ignorantes.

Mas, um século antes, o escrivão Juan de Betanzos, assessor principal do conquistador Francisco Pizarro, havia revelado outra razão, muito mais poderosa: era Satanás quem ditava o que os índios acreditavam e diziam, e por isso eles não tinham uma fé única, confundiam o Bem com o Mal e tinham tantas opiniões diferentes e ideias tão diversas:

– *O Diabo transmite a eles milhares de ilusões e de enganos* – sentenciou.

Costumes bárbaros

Os conquistadores britânicos ficaram zonzos de assombro.
 Eles vinham de uma civilizada nação, onde as mulheres eram propriedade de seus maridos e a eles deviam obediência, como mandava a Bíblia, mas na América encontraram um mundo de cabeça para baixo.
 As índias iroquesas e outras aborígenes eram suspeitas de libertinagem. Seus maridos não tinham nem mesmo o direito de castigar as mulheres que pertenciam a eles. Elas tinham opinião própria e bens próprios, o direito ao divórcio e o direito ao voto nas decisões da comunidade.
 Os invasores brancos já não conseguiam dormir em paz: os costumes das pagãs selvagens podiam contagiar suas mulheres.

Mudos

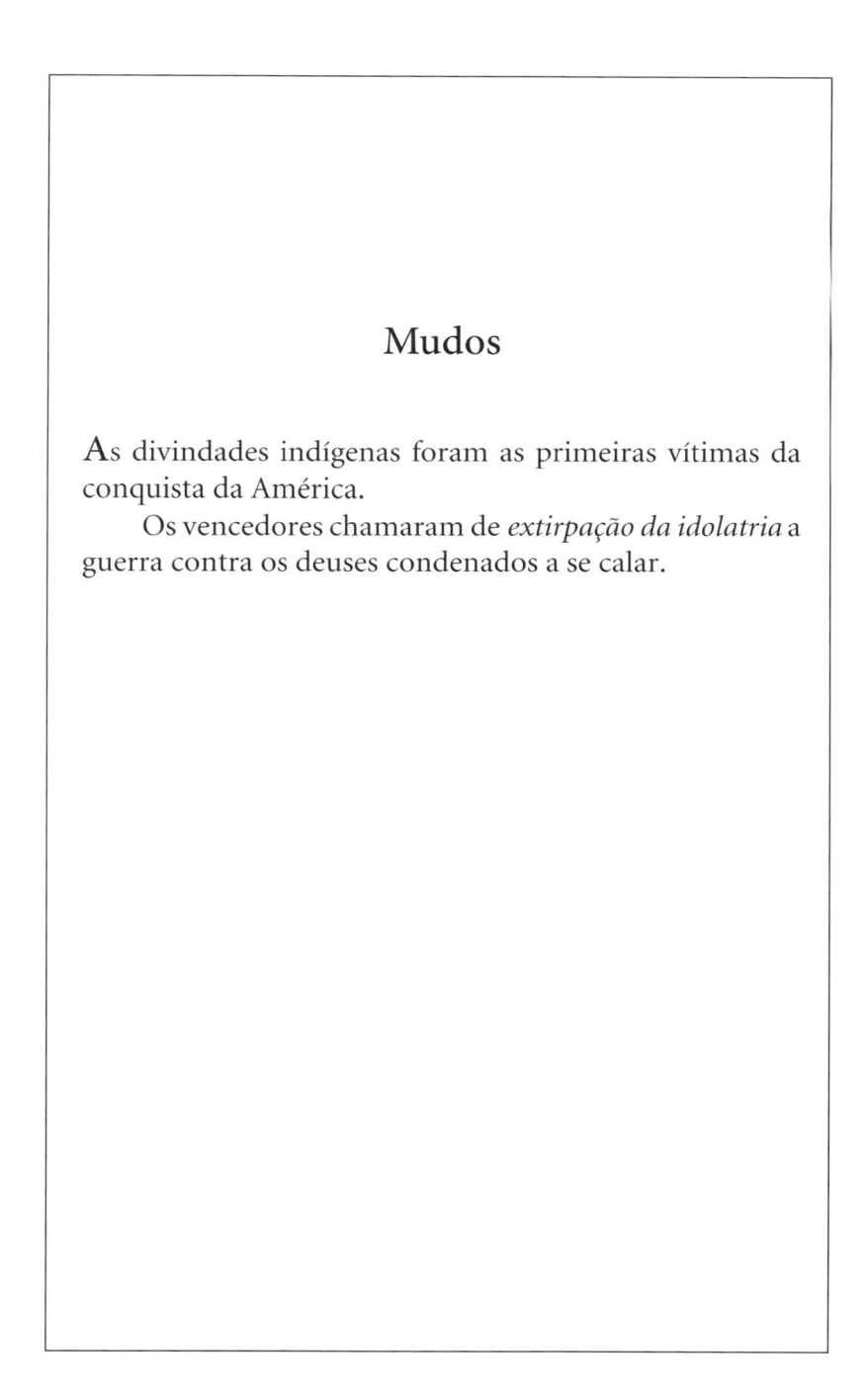

As divindades indígenas foram as primeiras vítimas da conquista da América.

Os vencedores chamaram de *extirpação da idolatria* a guerra contra os deuses condenados a se calar.

Cegos

Como éramos vistos pela Europa no século dezesseis? Pelos olhos de Theodor de Bry.

Esse artista de Liége, que nunca esteve na América, foi o primeiro a desenhar os habitantes do Novo Mundo.

Suas gravuras eram a tradução gráfica das crônicas dos conquistadores.

Pelo que essas imagens mostravam, a carne dos conquistadores europeus, dourada nas brasas, era o prato predileto dos selvagens americanos.

Eles devoravam braços, pernas, costelas e ventres e chupavam os dedos, sentados em círculo, diante das churrasqueiras ardentes.

Mas, e perdoe o incômodo: eram índios aqueles famintos de carne humana?

Nos gravados de De Bry, todos os índios eram carecas.

Na América, não havia nenhum índio careca.

O Monstro de Buenos Aires

Assim foi visto, ou assim foi imaginado, ou assim foi chamado, pelo sacerdote francês Louis Feuillée.
    Esse monstro foi um dos espantos que ilustraram o livro das memórias de sua viagem por terras sul-americanas, "reinos de Satã", entre 1707 e 1712.

Surdos

Quando os conquistadores espanhóis pisaram pela primeira vez as areias de Iucatã, uns poucos nativos saíram ao seu encontro.
Conforme contou frei Toribio de Benavente, os espanhóis perguntaram a eles, em castelhano:
– *Onde estamos? Como é que este lugar se chama?*
E os nativos disseram, no idioma maia iucateco:
– *Tectetán, tectetán.*
Os espanhóis entenderam:
– *Iucatã, Iucatã.*
E a partir daquele momento, a península ficou se chamando assim.
Mas, na sua língua, o que os nativos tinham dito foi:
– *Não estou entendendo, não estou entendendo.*

O poderoso zero

Uns dois mil anos atrás, o sinal do zero foi gravado nas colunas de pedra de Uaxactun e em outros centros de cerimônia dos maias.

Eles tinham chegado mais longe que os babilônios e os chineses no desenvolvimento dessa chave que abriu caminho a uma nova era nas ciências humanas.

Graças à cifra zero, os maias, filhos do tempo, sábios astrônomos e matemáticos, criaram os calendários solares mais perfeitos e foram os mais certeiros profetas dos eclipses e outras maravilhas da natureza.

Perigo

O chocolate, antiga bebida dos índios do México, gerava desconfiança, e até pânico, entre os estrangeiros vindos da Europa.

O médico Juan de Cárdenas havia comprovado que o chocolate provocava ventos e melancolias, e a espuma impedia a digestão e causava *terríveis tristezas no coração*.

Também suspeitava-se de que induzia ao pecado, e o bispo Bernardo de Salazar excomungou as damas que tinham bebido chocolate em plena missa.

Mas elas não abandonaram o vício.

O Evangelho segundo Cochabamba

Quando o menino beijou a teta da mãe, brotou um manancial de leite e mel, mas a teta secou quando o pai meteu a boca.

E quando o pai, que era calvo, foi picado pelos mosquitos, o menino acariciou a sua cabeça e da cabeça brotou um tremendo chapéu, lindo, de palha branca trançada.

E quando faltou trabalho na carpintaria, e não havia o que comer, o menino transformou as sujeiras do seu corpo em pasteizinhos de queijo e frango picante.

E quando a família estava atravessando o deserto, com muita sede e nenhuma água, o menino chutou uma pedra e do chão brotou um arroio de águas claras.

E quando chegaram à terra fértil, ele se deixou comer pela terra e na terra afundou e desapareceu.

E ao terceiro dia regressou, do fundo da terra regressou, e sabia tudo, tudinho sabia ele do que havia acontecido durante a sua ausência.

Assim foi na antiguidade dos tempos, segundo me contaram as mulheres e os homens de palavra verdadeira no vale de Cochabamba.

A explicação

O frei dominicano Antonio de la Huerte escreveu, em 1547, a propósito das esquisitices da América:
Poderíamos dizer que, no dia de criar a América, o pulso do Senhor tremeu um pouquinho.

A natureza ensina

Na Amazônia, a natureza dá aulas de diversidade.
 Os nativos reconhecem dez tipos diferentes de solo, oitenta variedades de plantas, quarenta e três espécies de formigas e trezentas e dez espécies de pássaros num único quilômetro.

Éramos bosques caminhantes

A cada dia, o mundo perde um bosque nativo, assassinado a uns tantos séculos de idade e enquanto ainda cresce.

Os desertos estéreis e as plantações industriais em grande escala avançam sepultando o mundo verde; mas alguns povos souberam guardar a linguagem vegetal que permite a eles se entender com a fortaleza do carvalho e as melancolias do salgueiro.

A paineira

Em Cuba, e em outros lugares da América, a paineira é a árvore sagrada, a árvore do mistério. O raio não se atreve a tocá-la. O furacão, tampouco.

Habitada pelos deuses, nasce no centro do mundo, e de lá se eleva o tronco imenso que segura o céu.

Para curar a arrogância do céu, a paineira pergunta a ele, todo dia:

– *Em que pé você se apoiaria, se eu não existisse?*

A aroeira

Aviso aos viajantes: nos campos sul-americanos, tomem muito cuidado com uma árvore chamada aroeira, em língua indígena *ahué*, que significa *árvore malvada*.
    Trata-se de uma senhora que se ofende muito fácil, e não esquece nem perdoa as afrontas.
    Não se pode, não se deve, cortar nenhum de seus galhos, nem dormir debaixo da sua copa frondosa sem antes pedir licença. E acima de tudo: é proibido passar ao seu lado sem cumprimentar.
    Se for de noite, se diz a ela *Bom dia*.
    Se for de dia, se diz a ela *Boa noite*.
    Quem desobedece essas obrigações fica condenado a padecer inchações e febres muito prolongadas e ferozes, que às vezes matam.

Com os avós não há quem possa

Boa notícia para os velhos deste mundo: enganam-se os que acreditam que as árvores jovens são as que dão mais e melhor madeira.

Aí estão as sequoias, as maiores árvores do mundo, que na Califórnia e em outras paragens são testemunha. Avós majestosas, podem ter até três mil anos de idade e continuam gerando dois bilhões de folhas e são as que melhor resistem a seis meses de neve e tormentas de raios, e não há peste que possa com elas.

A pele do livro

Ele nos deu e nos dá muito prazer, mas recebeu pouco ou nenhum.

Cai Lun, eunuco, membro da corte imperial chinesa, inventou o papel. Foi no ano 105, depois de muito trabalhar a cortiça da amoreira e a pele de outros vegetais.

Graças a Cai Lun, agora podemos ler e escrever acariciando a pele do livro, enquanto sentimos que são nossas as palavras que ele diz para nós.

Símbolos

Em 1961, enquanto alguns especialistas internacionais aconselhavam proibir o cultivo e o consumo das folhas de coca, no noroeste do Peru eram encontrados restos de folhas de coca que tinham sido mascadas milhares de anos antes.

Mascar coca foi, é e continuará sendo um saudável costume nas alturas andinas. A coca evita náuseas e tonturas e é o melhor remédio para várias enfermidades e fadigas.

Além do mais, e não é o de menos, a folha de coca é um símbolo de identidade, que só por má-fé pode-se confundir com essa manipulação química fodida chamada cocaína.

Outra perigosa manipulação química, chamada heroína, é obtida a partir da flor da papoula. Mas até agora, pelo que se sabe, na Inglaterra a papoula continua sendo um símbolo da paz, da memória e do patriotismo.

Mão de obra

Em Tijuana, no ano dois mil e pico, o sacerdote David Ungerfelder escutou a confissão de um dos assassinos a soldo que trabalham para os senhores do tráfico de cocaína no México.
O profissional se chamava Jorge, tinha vinte anos de idade e recebia dois mil dólares por cadáver.
Ele explicava assim:
– *Eu prefiro viver cinco anos feito um rei do que cinquenta feito um boi.*
Cinco anos depois, também ele foi marcado para morrer.
Sabia demais.
Assim funciona o grande negócio da cocaína na divisão internacional do trabalho: uns põem o nariz e outros põem os mortos.

Os aliados de Urraká

Nas serras panamenhas de Veraguas, Urraká liderou a resistência indígena.
 A chuva, o vento e o trovão ajudaram muito.
 Quando os conquistadores espanhóis avançavam, a chuva inutilizava a pólvora e os mosquetões. E enquanto os trovões trovejavam e o céu virava noite em pleno dia, os invasores perdiam o rumo e caíam derrubados pelos ventos furiosos.

O fundeiro

Juan Wallparrimachi Mayta, o guerreiro poeta, não usava espada nem arcabuz.

Quando a Bolívia ainda não era independente nem se chamava desse jeito, ele encabeçava a brigada dos fundeiros, que comandados por Juana Azurduy faziam revoadas com uns cordões que giravam em redemoinho e disparavam pedras mortíferas contra os invasores espanhóis.

A brigada atacava cantando. Em idioma quíchua, os fundeiros faziam coro aos poemas de Juan, dedicados às mulheres amadas ou por amar:
Amando você,
Sonhando com você,
Morrerei.

Juan morreu de bala, no campo de batalha. Tinha vinte e um anos.

Os profetas de Túpac Amaru

No começo do século dezoito, Ignacio Torote se rebelou, na selva peruana, contra os intrusos que tinham chegado para se apoderar das almas e das terras.

Ao mesmo tempo, o exército quíchua de Juan Santos Atahualpa impedia, de sova em sova, o avanço das tropas espanholas.

Em meados do século, enquanto Juan Santos morria, muito longe da sua selva impenetrável José Gabriel Condorcanqui escolhia se chamar Túpac Amaru e encabeçava a insurgência indígena mais numerosa de toda a história americana.

E de derrota em derrota, de rebelião em rebelião, a história continuou: quando a história diz adeus, o que diz é até logo.

Buenos Aires nasceu duas vezes

O primeiro nascimento ocorreu em 1536.
A cidade, recém-nascida, morreu de fome.
Em 1580, Buenos Aires nasceu, pela segunda vez, onde hoje está a Praça de Maio.
Por que a região é chamada de La Matanza? Porque os índios não deram boas-vindas aos intrusos. De saída houve guerra. A populosa área de La Matanza foi batizada assim em memória de uma carnificina: os mortos foram, todos, índios querandis.
De acordo com o conquistador Juan de Garay, eram *nativos alterados*.

A primeira flauta

Um caçador se perdeu, certa vez, em algum dos labirintos da selva amazônica.
 Depois de muito vagar, se deixou cair ao pé de um cedro e lá ficou, dormindo.
 Foi despertado pelo sol e por uma música que jamais tinha sido escutada. Então, o caçador perdido descobriu que um pica-pau, de cabeça vermelha, longo pescoço e bico poderoso, estava bicando um galho.
 A música nascia do vento que entrava pelos furinhos que o pássaro escavava.
 O caçador aprendeu. Imitando o vento e o pássaro, criou a primeira flauta americana.

O tambor

Da costa da África viajou, até as mãos e a memória dos escravos nas plantações da América.
  Lá, foi proibido. A batida do tambor desatava os atados e dava voz aos condenados ao silêncio; e os amos dos homens e da terra bem sabiam que aquela perigosa música, a que chamava os deuses, anunciava a rebelião.
  Por isso o sagrado tambor dormia escondido.

Concurso de velhos

Faz alguns milênios, ano a mais, ano a menos, o jaguar, o cão e o coiote estavam competindo. Quem era o velho mais velho? O mais velho iria receber, como prêmio, a primeira comida que encontrassem.

Da colina, um carro, destrambelhado, avançava aos pulos, quando caiu dele um saco cheio de tortilhas de milho.

Quem merecia aquele tesouro?

Qual era o velho mais velho? O jaguar disse que tinha visto o primeiro amanhecer do mundo. O cão disse que era o único sobrevivente do dilúvio universal.

O coiote não disse nada, porque estava com a boca cheia.

Um contador de contos me contou

Uma vez, em algum lugar da selva africana, havia um leão muito glutão e muito mandão.
O rei proibiu seus súditos de comerem uvas:
— *Só eu posso* — sentenciou, e assinou um decreto real estabelecendo que seu monopólio de uvas correspondia à vontade dos deuses.
Então o coelho entrou no mato espesso e armou um tremendo barulho quebrando ramos e galhos e balançando-se nos cipós, e anunciando:
— *Até os elefantes irão voar pelos ares! O vento enlouqueceu! Vem aí um furacão!*
O coelho propôs que protegessem o monarca, amarrando-o na árvore mais forte de todas.
E o rei leão, bem amarrado, se salvou do furacão que não chegou nunca, enquanto o coelho, no meio da selva, não deixou sobrar nem uma única uva.

Samuel Ruiz nasceu duas vezes

Em 1959, o bispo novo chegou a Chiapas.
Samuel Ruiz era um jovem horrorizado com o perigo comunista, que ameaçava a liberdade.
Fernando Benítez o entrevistou. Quando Fernando comentou que não merecia ser chamado de liberdade o direito de humilhar o próximo, foi expulso pelo bispo.
Dom Samuel dedicou seus primeiros tempos de bispado a pregar a resignação cristã aos índios, condenados à obediência escrava. Mas passaram-se os anos, e a realidade falou e ensinou, e dom Samuel soube ouvir.
E após meio século de bispado se transformou no braço religioso da insurreição zapatista.
Os nativos o chamavam de Bispo dos Pobres, o herdeiro de frei Bartolomé de las Casas.
Quando foi transferido pela Igreja, dom Samuel disse adeus a Chiapas, e levou com ele o abraço dos maias:
– *Obrigado* – eles disseram. – *Nós já não caminhamos curvados.*

José Falcioni morreu duas vezes

No ano de 1907, os fuzileiros da Marinha argentina, formados em fila dupla, atacaram a tiros de Mauser a Casa do Povo, em Puerto Ingeniero White, onde os operários em greve estavam reunidos.
 Para dissolver a assembleia, o comandante Enrique Astorga ordenou que atirassem para matar.
 José Falcioni, morador do bairro, havia tido a má sorte de passar por ali, e uma bala arrebentou seu pulmão.
 Uma silenciosa multidão o acompanhou ao cemitério de Bahía Blanca.
 Contam que o comandante atravessou a multidão, com passo firme, e meteu mais três tiros no corpo do falecido.
 Por via das dúvidas.

A viagem da terra

A terra negra da Amazônia, também chamada de *biochar*, é obra da longuíssima e desprezada história da agricultura indígena na selva.

Essa terra, que fertiliza os solos sem se decompor nunca, alimenta-se dos mil e um pedacinhos da cerâmica que os indígenas quebram e semeiam, para devolver à terra a olaria que da terra vem.

Graças a este ato de gratidão religiosa, a terra se regenera sem parar, de tempo em tempo, de mão em mão.

Terra indignada

Em maio do ano de 2013, pela primeira vez na história da Guatemala um exterminador de índios foi condenado por genocídio racial. Um tribunal de primeira instância o condenou a oitenta anos de cadeia.

O general Ríos Montt tinha sido o penúltimo de uma série de ditadores militares especializados na matança de indígenas maias.

Pouco depois da sentença, houve um terremoto: a terra, a mãe de todos os assassinados, tremeu e continuou tremendo sem parar.

Tremia de ira. Ela sabia que aconteceria o que aconteceu: a execução da pena do carrasco foi adiada pelas mais altas autoridades judiciais do país. A terra se rebelou, furiosa, contra a impunidade de sempre.

Homenagens

No morro de Santa Lucía, em pleno centro de Santiago do Chile, foi erguida uma estátua do chefe indígena Caupolicán.

Caupolicán mais parece um índio de Hollywood, e isso tem uma explicação: a obra foi esculpida, em 1869, para um concurso realizado nos Estados Unidos em homenagem a James Fenimore Cooper, autor do romance *O último dos moicanos*.

A escultura perdeu o concurso, e o moicano não teve outro remédio a não ser mudar de país e mentir que era chileno.

Andresito

José Artigas, autor da primeira reforma agrária das Américas, se negou a aceitar que a independência fosse uma emboscada contra os filhos mais pobres destas terras. E escandalizou a sociedade colonial quando nomeou governador e comandante o índio Andresito Guacurarí.

Antes de ser vencido por dois impérios escravagistas e três portos traidores, Artigas recebeu a notícia da morte de Andresito, que havia caído lutando.

Nada nunca doeu tanto nele. Andresito, seu filho escolhido, era o mais valente e o mais silencioso de seus soldados. Índio calado, falava através dos seus atos.

A garra charrua

No ano de 1832, os poucos índios charruas que tinham sobrevivido à derrota de Artigas foram convidados a firmar a paz, e o presidente do Uruguai, Fructuoso Rivera, prometeu que eles iam receber terras.

Quando os charruas estavam bem alimentados e bebidos e adormecidos, os soldados entraram em ação. Os índios foram libertados de suas penas e angústias a golpes de punhal, para não gastar balas, e para não se perder tempo com enterros foram atirados no arroio Salsipuedes.

Foi uma armadilha. A história oficial chamou de *batalha*. E cada vez que nós, uruguaios, ganhamos algum troféu de futebol, celebramos o triunfo da *garra charrua*.

A viagem do café

Durante a travessia do mar, o piloto John Newton cantava hinos religiosos, enquanto conduzia barcos repletos de escravos acorrentados:
Como soa doce o nome de Jesus...
O café havia brotado na Etiópia, fazia milhões de anos, nascido das lágrimas negras do deus Waka.
Talvez o céu chorasse as desgraças que o café iria trazer, como o açúcar, aos milhões de escravos que seriam arrancados da África e esgotariam suas vidas, em nome de outro deus, nas plantações das Américas.

Cafés com história

No café El Cairo, que não está no Egito e sim na cidade argentina de Rosário, Roberto Fontanarrosa, desenhista e escritor, tem sua mesa. Ele morreu faz anos, mas jamais deixou de comparecer. E sempre acompanhado pelo seu cão Mendieta e seu amigo Inodoro Pereyra, criados por ele.

No Café Tortoni, de Buenos Aires, foi fundado o primeiro grupo de artistas e escritores argentinos.

A Academia Brasileira de Letras, presidida pelo romancista Machado de Assis, se reunia no Café Colombo, do Rio de Janeiro.

No Café Paraventi, na cidade de São Paulo, Olga Benário e Luiz Carlos Prestes imaginavam a revolução brasileira.

Nos tempos do exílio, Trótski e Lênin discutiam a revolução russa no Café Central, em Viena.

Algumas obras-primas do poeta português Fernando Pessoa foram escritas no Café A Brasileira, de Lisboa.

Enquanto nascia o século vinte, Pablo Picasso fez a primeira exposição de suas obras no Café Els Quatre Gats, de Barcelona.

Em 1894, o escritor Ferenc Molnár jogou nas águas do Danúbio as chaves do Café New York, de Budapeste, para que ninguém trancasse a porta.

Em 1898, Émile Zola escreveu o célebre texto *J'Accuse...!* no Café de la Paix, em Paris.

Em 1914, o socialista Jean Jaurès, que havia declarado guerra às guerras, foi assassinado no Café du Croissant, em Paris.

O Café Riche, no Cairo, foi, em 1919, o centro da insurreição egípcia contra a ocupação britânica.

Em 1921, foi inaugurado em Chicago o Sunset Café, onde Louis Armstrong e Benny Goodman abriram as asas da sua música.

Esplendor do meio-dia

Havia peixes nunca vistos antes, plantas de jardim algum, livros de livrarias impossíveis.
 Na feira da rua Tristán Narvaja, em Montevidéu, havia montanhas de frutas e ruas de flores e havia odores de todas as cores. Havia pássaros musiqueiros e gente dançadeira, e havia os que sermoneavam para o céu e a terra, e que trepados num banquinho gritavam sua mensagem final. Os que faziam o sermão do céu proclamavam que tinha chegado a hora da ressurreição; os do sermão da terra anunciavam a hora da insurreição.
 Havia quem perambulasse entre as barracas oferecendo uma galinha, trazida caminhando, atada pelo pescoço, feito um cachorro; e havia quem vendesse um pinguim que por engano tinha chegado a nossas praias vindo das neves do sul.
 Havia longas fileiras de sapatos usados, bem gastinhos, com a língua erguida e a boca aberta. Os sapatos eram vendidos aos pares e também de um em um, sapatos solitários para quem tinha um pé só. Havia óculos usados, chaves usadas, dentaduras usadas. As dentaduras dormiam dentro de um grande pote de água. O cliente mergulhava o braço, escolhia e batia suas mandíbulas: se a dentadura não ficasse direito, era devolvida ao pote.

Havia roupa de vestir e roupa de desvestir e havia condecorações de atletas e de generais e havia relógios que marcavam a hora que a gente quisesse. E havia amigos e amantes, que a gente encontrava sem saber que estava procurando por eles.

Festa da memória, e do domingo que vem, ao meio-
-dia.

As mãos da memória

Em São Petersburgo, quando ainda se chamava Leningrado, conheci a história da ressurreição da cidade.

Ela tinha sido assassinada pelas tropas de Hitler, entre 1941 e 1944. Depois de novecentos dias de bombardeios contínuos e um bloqueio implacável, era uma imensa ruína, habitada por fantasmas, a cidade que tinha sido a rainha do Báltico, a capital de Rússia dos czares e berço da revolução comunista.

Vinte anos depois daquela tragédia, pude comprovar que a cidade tinha tornado a ser a que havia sido. Seus habitantes tinham fundado a cidade novamente, pedacinho a pedacinho, dia após dia. As plantas do projeto de reconstrução vinham das fotos, dos desenhos, das velhas reportagens dos jornais e dos depoimentos dos moradores de cada bairro.

A cidade tinha nascido de novo, parida pela memória da sua gente.

A memória não é uma espécie em vias de extinção

Respondem perguntas os camponeses mexicanos organizados na Rede pela Defesa do Milho:
– *A memória é nossa semente principal. Por desamor ao milho, já não sabemos mais de onde viemos.*

E uma mulher do sul de Veracruz, companheira da mesma rede:
– *Muito herbicida, muito praguicida, muito fertilizante, e a terra adoece. A terra está ficando drogada, viciada, com tanta química.*

E outra:
– *A diversidade está morrendo. O milharal já não é como era, quando ao lado do milho a gente tinha feijão, pimenta, tomatinhos, abóboras...*

E um velho lavrador, saudoso dos saberes da vida rural, conclui:
– *A gente não sabe mais ler os sinais da chuva, das estrelas, da finura do ar...*

Sementes de identidade

Em meados de 2011, mais de cinquenta organizações do Peru se reuniram em defesa das três mil duzentas e cinquenta variedades de batatas. Essa diversidade, herança de oito mil anos de cultura camponesa, hoje em dia está ameaçada de morte pela invasão dos transgênicos, pelo poder dos monopólios e pela uniformidade das plantações.

Paradoxal mundo é este mundo, que em nome da liberdade convida a escolher entre a mesma coisa e a mesma coisa, na mesa ou na televisão.

A oferenda divina

Tunupa, o vulcão, o deus do raio que chama a chuva, reina sobre o altiplano dos Andes.

Aos seus pés se estende a infinita planície branca, que parece neve mas é feita de sal, e nos arredores florescem as plantações de quinoa.

– *Eu trouxe a quinoa para consolo dos desesperados* – dizem que disse o vulcão.

E deu de presente aos indígenas esses minúsculos grãozinhos de quinoa, e com eles os aimarás e os quíchuas se salvam da fome e aguentam o sol forte e a geada.

Amnésias

Nicolae Ceaucescu exerceu a ditadura da Romênia durante mais de vinte anos.

Não teve oposição, porque a população estava fazendo outras coisas nos cárceres e nos cemitérios, mas todos tinham direito a aplaudir sem limites os faraônicos monumentos que ele erguia, em homenagem a si mesmo, com mão de obra gratuita.

O direito ao aplauso também foi exercido por prestigiosos políticos, como Richard Nixon e Ronald Reagan, que eram seus íntimos, e pelo Fundo Monetário Internacional e o Banco Mundial, que derramaram dinheiramas e elogios sobre essa ditadura comunista que sem chiar obedecia suas ordens.

Para celebrar seu poder absoluto, Ceaucescu mandou fazer um cetro de marfim e outorgou a si mesmo o título de Condutor do Povo.

Seguindo o costume, ninguém se opôs.

Mas muito pouco depois, quando se desatou o furacão da fúria popular, o fuzilamento de Ceaucescu foi uma cerimônia de exorcismo coletivo.

Então, num passe de mágica, o bom entre os bons, o preferido dos poderosos do mundo, passou a ser o malvado da história.

Volta e meia acontece.

Procura-se monstro

São Columba estava remando no lago Ness quando o Monstro, imensa serpente de bocarra aberta, se lançou sobre o bote. São Columba, que não tinha o menor interesse em ser almoçado, o esconjurou fazendo o sinal da cruz, e o Monstro fugiu.

Catorze séculos depois, o Monstro foi fotografado pelos moradores vizinhos do lago, que casualmente estavam com uma câmara dependurada no peito, e suas piruetas foram publicadas nos jornais de Glasgow e de Londres.

O Monstro revelou-se um boneco, e suas pegadas eram as de patas de um bebê de hipopótamo, que eram vendidas como cinzeiros.

A revelação não desanimou os turistas.

A demanda de monstros alimenta o mercado do medo.

Damas e cavalheiros!

As últimas entradas estão acabando! Não percam!
Os zoológicos humanos tinham sido fundados em 1874 pelo empresário alemão Karl Hagenbeck, e tinham se espalhado com êxito por quase toda a Europa.

Para não ficar atrás, a Sociedade Rural Argentina montou seu próprio espetáculo sessenta e cinco anos mais tarde. No mesmo prédio onde era exibido o melhor gado do país, as pessoas compravam ingressos para a pré-história, contemplando uns quantos indígenas macás, quase nus, que tinham sido arrancados lá da região do Gran Chaco.

Vamos passear

No final do século dezenove, muitos montevideanos dedicavam seus domingos ao passeio preferido: a visita ao presídio e ao manicômio.
    Contemplando os presos e os loucos, os visitantes se sentiam muito livres e muito lúcidos.

Estrangeiro

No jornal do bairro do Raval, em Barcelona, a mão anônima escreveu:
— *Teu deus é judeu, tua música é negra, teu carro é japonês, tua pizza é italiana, teu gás é argelino, teu café é brasileiro, tua democracia é grega, teus números são árabes, tuas letras são latinas.*
Eu sou teu vizinho. E tu dizes que o estrangeiro sou eu?

Esopo

Lilian Thuram, bisneto de escravos na ilha Guadalupe, perguntou ao seu filho menor:
— *E Deus, como é?*
O menino respondeu sem titubear:
— *Deus é branco.*
Thuram era um grande jogador de futebol, campeão da Europa e campeão do mundo, mas aquela resposta mudou sua vida.

A partir daquele dia, decidiu sair dos campos para dedicar suas melhores energias a ajudar no resgate da dignidade dos negros no mundo.

Denunciou o racismo no futebol e na educação, que esvazia de passado os meninos que não são filhos dos amos.

A memória coletiva era um descobrimento incessante, que abria seus olhos. O caminho da revelação do oculto era feito de muitas dúvidas e poucas certezas, mas ele não desanimava. Baseado em remotas investigações demonstrou que Esopo pode ter sido negro, escravo em Núbia, e recordou que houve faraós negros no Egito e que centenas de santuários populares no Congo celebram a Virgem negra, embora a Igreja dissesse que negra não era: a Virgem tinha ficado daquele jeito por culpa da fumaça dos incensos e dos pecados dos infiéis.

Uma fábula do tempo de Esopo

Uma velha descobriu, meio maltratado no chão, um cântaro vazio.
Do cântaro só tinha sobrevivido o aroma do bom vinho de Palermo.
Ela aspirava o perfume dos restos daquele fino cântaro uma e outra vez, com prazer crescente.
E depois de muito aspirar dedicou este versinho ao vinho que o cântaro havia guardado:
– *Se estas são tuas pegadas, como terão sido os teus passos?*

Se o Larousse está dizendo...

Em 1885, Joseph Firmin, negro, haitiano, publicou em Paris um livro de mais de seiscentas páginas, chamado *Sobre a igualdade das raças humanas.*
    A obra não teve difusão nem repercussão. Só encontrou silêncio. Naquele tempo, ainda era santa palavra o dicionário Larousse, que assim explicava o assunto:
    – *Na espécie negra, o cérebro está menos desenvolvido que na espécie branca.*

Assim nasceu Las Vegas

Lá pelo ano de 1950 e pouco, Las Vegas era quase nada. Sua maior atração eram os cogumelos atômicos que os militares ensaiavam ali perto e que ofereciam espetáculo ao público, exclusivamente branco, que podia contemplá-los dos terraços. E também atraíam público, exclusivamente branco, os artistas negros que eram as grandes estrelas da canção.

Louis Armstrong, Ella Fitzgerald e Nat King Cole foram bem pagos, mas só podiam entrar e sair pela porta de serviço. E quando Sammy Davis Junior mergulhou na piscina, o diretor do hotel mandou trocar a água inteira.

E assim foi até que em 1955 um milionário estreou em Las Vegas o que ele chamou de *primeiro hotel cassino inter--racial dos Estados Unidos.* Joe Louis, o lendário boxeador, dava as boas-vindas aos hóspedes, que já eram brancos ou negros; e assim Las Vegas começou a ser Las Vegas.

Os senhores da aldeia que se transformou no mais faustuoso paraíso de plástico continuavam sendo racistas, mas tinham descoberto que o racismo não era um bom negócio. Afinal, os dólares de um negro rico são tão verdes como os outros.

Repita a ordem, por favor

Nos nossos dias, a ditadura universal do mercado dita ordens que, na verdade, são contraditórias.
É preciso apertar o cinto e baixar as calças.
As ordens que descem lá do alto céu não são lá muito mais coerentes, verdade seja dita. Na Bíblia (Êxodo, 20), Deus ordena:
Não matarás.
E no capítulo seguinte (Êxodo, 21) o mesmo Deus manda matar por cinco motivos diferentes.

O trono de ouro

Pelo que se conta no Olimpo grego, Zeus, o deus dos deuses, e Hera, sua mulher, tiveram uma briga conjugal dessas que fazem a gente envelhecer cem anos. A brigalhada ia de mal a pior quando o filho, Hefesto, apareceu na batalha a que não tinha sido convidado e tomou o partido da mãe.

Expulso pelo pai, Hefesto foi jogado no mundo. Encontrou refúgio em alguma gruta, e lá praticava as artes da serralheria.

Sua obra-prima foi dedicada à mãe.

Era um trono de ouro, que só tinha um defeito: umas correntes que atavam para sempre quem nele se sentasse.

Pequeno ditador ilustrado

O homem que mais livros queimou, o que menos livros leu, era dono da mais gorda biblioteca do Chile.
　Augusto Pinochet havia acumulado milhares e milhares de livros, graças aos dinheiros públicos que ele transformava em fundos de uso privado.
　Comprava livros para ter, não para ler.
　Mais e mais livros: era como somar dólares nas suas contas do Banco Riggs.
　Na biblioteca havia oitocentas e oitenta e sete obras sobre Napoleão Bonaparte, encadernadas com todo o luxo, e as esculturas do seu herói favorito encabeçavam as prateleiras.
　Todos os livros traziam o selo de propriedade de Pinochet, seu ex-libris: uma imagem da Liberdade, ornada com as correspondentes asas e tocha.
　A biblioteca, chamada Presidente Augusto Pinochet, foi deixava como herança para a Academia de Guerra do Exército chileno.

Pequeno ditador invencível

Matar era um prazer, e pouco importava se o finado era cervo, pato ou republicano. Mas nas caçadas de Francisco Franco a especialidade eram as perdizes.

Num dia de outubro de 1959, o Generalíssimo matou quatro mil e seiscentas perdizes, e assim superou seu próprio recorde.

Os fotógrafos imortalizaram a jornada vitoriosa. Aos pés do vencedor jaziam seus troféus, que cobriam os solos do mundo.

O assustador

Lá por 1975 e 1976, antes e depois do golpe que impôs a mais feroz de todas as ditaduras militares argentinas, choviam ameaças e desapareciam, na neblina do terror, os suspeitos de pensar.

Orlando Rojas, exilado paraguaio, atendeu o telefone em Buenos Aires.

Uma voz repetiu a mesma coisa de todos os dias:

– *Quero comunicar que o senhor vai morrer.*

– *E o senhor, não vai?* – perguntou Orlando.

O assustador desligou.

O purgatório

Em agosto de 1936, em plena guerra contra a república espanhola, o generalíssimo Francisco Franco foi entrevistado pelo jornalista norte-americano Jay Allen.
 Franco disse que sua vitória estava próxima, a vitória da cruz e da espada:
 — *Vamos conseguir a qualquer preço* — disse ele.
 — *O senhor vai ter que matar meia Espanha* — comentou o jornalista.
 E Franco:
 — *Eu disse: ao preço que for.*
 Os purgadores operavam acompanhados por padres confessores e militares. Era preciso limpar a Espanha de ratos, piolhos e bolcheviques.

Portas fechadas

Em agosto de 2004, um centro comercial de Assunção do Paraguai pegou fogo.
 Houve trezentos e noventa e seis mortos.
 A porta estava trancada para que ninguém escapasse sem pagar a conta.

Invisíveis

Em novembro de 2012, um incêndio queimou vivos cento e dez operários em Bangladesh. Eles trabalhavam nas chamadas *sweatshops*, oficinas de suor, com nenhuma segurança e nenhum direito.

Pouco depois, em abril do ano seguinte, outro incêndio queimou vivos mil cento e vinte e sete operários em outros *sweatshops* de Bangladesh.

Eram todos invisíveis, como continuam sendo invisíveis os escravos de muitos outros lugares do mundo globalizado.

Seus salários, um dólar por dia, também são invisíveis.

Visíveis são, porém, os preços impagáveis das roupas que suas mãos produzem para Walmart, JCPenney, Sears, Gap, Benetton, H&M...

A primeira greve

Foi no Egito, no Vale dos Reis, no dia 14 de novembro do ano de 1152 antes de Cristo.

Os protagonistas da primeira greve em toda a história do movimento operário foram os quebradores de pedras, carpinteiros, pedreiros e desenhistas que estavam construindo as pirâmides e cruzaram os braços até que recebessem os salários que deviam a eles.

Os trabalhadores egípcios tinham conquistado tempos atrás o direito de greve. Também tinham serviço médico gratuito para acidentes de trabalho.

Até pouco tempo, nada ou quase nada sabíamos disso. Talvez por medo de que o exemplo se espalhasse.

O quebra-ventos

Thomas Müntzer liderou a insurreição camponesa na Alemanha, em 1525.
Este sacerdote, inimigo dos príncipes e dos senhores da terra e da guerra, foi seguido por uma multidão de homens que se negavam a ser propriedade de outros homens.
Lutero amaldiçoou esse louco de pedra, seu filho renegado:
– *Eu não acreditaria em Müntzer nem que ele tivesse engolido o Espírito Santo com plumas e tudo.*
Müntzer respondeu:
– *Eu não acreditaria em Lutero nem que ele tivesse engolido cem Bíblias inteiras.*
A revolução ocupou terras, incendiou castelos e enfrentou o exército e o alto clero, mas depois de um ano caiu derrotada.
Os vencedores mataram milhares de servos rebelados e cortaram a cabeça de Müntzer, que foi exibida, como lição, na praça da cidade imperial de Mühlhausen.

Ecos

Em meados do século dezessete, as comunidades agrárias se multiplicaram nos campos ingleses, e sobreviveram desafiando o todo-poderoso reino da nobreza.

Séculos se passaram, e ainda soam os ecos das palavras que disse e escreveu um dos líderes comunitários, Gerrard Winstanley:

Começamos a criar nosso viver e morrer.

Não buscamos o Paraíso no céu. O Paraíso pode ser encontrado em qualquer lugar do mundo material.

Pai é o espírito da comunidade, e Mãe é a Terra.

No princípio dos tempos, Deus fez o mundo. Nem uma só palavra disse atribuindo a um setor da humanidade o direito de mandar nos outros.

Quando foi inventada a propriedade privada, nasceram as classes sociais, em sociedades onde a maioria trabalha em servidão ou escravidão para a minoria que monopoliza a terra e os bens que ela produz.

Na comunidade livre, as mulheres se casarão com os homens que elas quiserem.

As maravilhas da natureza serão de acesso público, em vez de serem o monopólio dos professores. O conhecimento cobrirá o mundo, como as águas cobrem os mares.

A ordem foi restabelecida?

Os trabalhadores, em greve geral, haviam cometido o crime de ocupar a cidade de Guaiaquil, sem disparar um único tiro, e tinham governado a cidade durante alguns dias de 1922, dias de paz jamais vistos na região. Os nascidos para obedecer haviam ocupado o lugar que Deus reservava aos nascidos para mandar, e isso não se faz. O presidente do Equador deu *ordem de tranquilidade, custe o que custar.*

E foi anunciado que a ordem tinha sido restabelecida.

Mas em novembro de cada ano voltam as cruzes ao rio Guayas. São as cruzes solidárias que naquele então navegaram acompanhando os trabalhadores assassinados e atirados no rio por determinação presidencial.

Ninhos unidos

Vai ver a ajuda mútua e a consciência comunitária não sejam invenções humanas.

Vai ver as cooperativas de moradia, por exemplo, tenham sido inspiradas nos pássaros.

Ao sul da África e em outros lugares, centenas de casais de pássaros se unem, desde sempre, para construir seus ninhos compartilhando, para todos, o trabalho de todos. Começam criando um grande teto de palha, e debaixo desse teto cada casal tece o seu ninho, que se une aos demais num grande bloco de apartamentos que sobem até os mais altos ramos das árvores.

A outra escola

Ernesto Lange foi criado nos campos de San José, no Uruguai.
Os pardais acompanharam a sua infância. Ao entardecer, milhares de pardais se reuniam nos galhos das árvores e, juntos, cantavam: cantando diziam adeus ao sol que ia embora, e quando caía a noite continuavam a cantar.
Eram feinhos, os pardais, mas aquele coro que se reunia sem falta para cantar agradecendo ao sol que havia dado calor e luz a eles soava lindo.
A história de Ernesto me fez lembrar o que há muitos anos descobri num parque de Gijón: os pavões, as aves da mais deslumbrante formosura, estendiam ali, em solidão, seu leque de plumas de cores e, chorando em solidão, lançavam alaridos, sem se juntar com ninguém, enquanto a noite crescia e o dia morria.

A militante

Nina de Campos Melo, neta de escravos, nasceu em 1904. Desde os doze anos teve de cuidar de seus cinco irmãos menores.

A pele negra não ajudava a encontrar emprego na cidade de São Paulo, mas ela deu um jeito para limpar e cozinhar em várias casas de família, de sol a sol, com os meninos às costas.

Tinha vinte anos quando foi eleita presidente do sindicato de empregadas domésticas.

E, a partir daquele momento, dedicou-se a ajudar as mulheres que tinham nascido, como ela, condenadas à servidão perpétua.

Morreu aos oitenta e cinco anos.

No enterro, não houve discursos.

Todas as suas companheiras compareceram. E se despediram dela cantando.

A costureira

Costurava os melhores gibões, coletes que eram elegantes couraças contra o frio, e na cidade de La Paz não havia quem competisse com ela na qualidade e no bom gosto de todas as roupas que criava.

Mas a maestria de Simona Manzaneda chegava muito além. Essa costureira de mãos delicadas e voz suavezinha atuava contra o poder colonial. Entre suas telas costuradas e as dobras de suas múltiplas saias escondia mapas, cartas, instruções e mensagens que ajudaram muito na liberdade daquela terra que agora se chama Bolívia.

E Simona costurou e conspirou até ser delatada.

E então cortaram suas tranças e raparam seus cabelos, e montada num burro foi obrigada a desfilar, nua, pela praça principal, e a fuzilaram pelas costas depois de aplicarem nela cinquenta chibatadas.

Não se ouviu, dela, uma só queixa. Ela sabia que não morria por engano.

A perigosa

Em novembro de 1976, a ditadura militar argentina crivou de balas a casa de Clara Anahí Mariani e assassinou seus pais.

Dela, nunca mais se soube, embora desde aquela época ela apareça na Direção de Inteligência da Polícia da Província de Buenos Aires, na seção reservada aos *delinquentes subversivos*.

Sua ficha diz:

Extremista.

Ela tinha três meses de idade quando foi catalogada assim.

O olho do amo

Nos tempos de Al Capone, a espionagem não desfrutava de alto prestígio, porque violava a liberdade e a privacidade dos cidadãos dos Estados Unidos.
Anos depois, a espionagem se transformou num dever patriótico.
Agora, é aplaudida por quase todos, porque age contra os subversivos que invocam os direitos humanos para servir ao terrorismo internacional, como é o caso de alguns suspeitos, amigos do autor deste livro.

Heróis admiráveis, hóspedes indesejados

No começo do século dezenove, os chefes da luta pela independência do Chile não escondiam sua admiração pela resistência indígena, que era o osso mais duro de roer para os conquistadores espanhóis.

Os primeiros núcleos anticoloniais se identificavam com os guerreiros mapuches Caupolicán e Lautaro.

Mas, alguns anos depois, os principais jornais já aplaudiam a guerra contra os índios, que eram chamados de *hóspedes indesejados da pátria chilena*.

Agora são chamados de *terroristas*, porque cometem o crime de defender as terras que roubam deles.

Sanguessugas

Durante vários séculos essas viborazinhas apareceram entre os principais artigos de importação dos países europeus.
Os médicos acreditavam que as sanguessugas, que chupavam sangue, curavam os enfermos.
Não faz muito tempo, aplicando o bom senso descobriu-se que aquelas sangrias não ajudavam os doentes, e sim os debilitavam e apressavam sua morte.
Passou o tempo. Agora, as sanguessugas modernas, que dizem vender boa saúde enquanto acompanham você até o cemitério, já não têm aquele aspecto meio repulsivo, e atuam, na mineração e em muitos outros campos, como empresas honradas.

Aleluia

Num meio-dia de meados de 1972, foi celebrada uma inesquecível cerimônia religiosa na cidade de Quito.

Foi a grande notícia nos jornais, na televisão e nas rádios, e não se falou de outra coisa nos mexericos da cidade.

A liturgia alcançou seu momento culminante quando a multidão cantou o hino da pátria, os rostos banhados em lágrimas enquanto soava o clarim e o homenageado era elevado rumo ao topo do Coreto dos Heróis.

Lá em cima brilhava, luminoso de luz, o altar construído para a grande ocasião.

No centro do altar, envolto em flores, estava o homenageado: o primeiro barril de petróleo que a empresa Texaco havia extraído no Equador.

A multidão, ajoelhada, rendia devoção.

O general Guillermo Rodríguez Lara, um ditador de bom coração que tinha presenteado o petróleo para a empresa, anunciou:

– *Vamos semear petróleo! Uma nova era nasceu!*

Depois, se soube: havia começado uma das mais ferozes matanças da natureza em toda a história da selva amazônica.

A Virgem privatizada

O que não é rentável não merece existir, nem na terra nem no céu.

No ano de 2002, a Virgem de Guadalupe, mãe e símbolo do México, foi vendida duas vezes.

Em março, a empresa multinacional Viotran se comprometeu a pagar doze milhões e meio de dólares pela propriedade dos direitos de imagem da Virgem durante cinco anos. O contrato, assinado pelo reitor da Basílica de Guadalupe, com apoio do cardeal Norberto Rivera, abençoava todos os artigos religiosos que a empresa fabricasse.

Mas em julho daquele mesmo ano o empresário chinês Wu You Lin registrou a marca da Virgem, por um preço muito menor e um prazo muito maior.

Já não se sabe a quem pertence.

O bem-vindo

Em 1982, a cidade uruguaia de Fray Bentos foi Hollywood durante uns pouquinhos dias.

Uma multidão jamais vista ovacionou a jamais vista limusine negra que trazia o xeque árabe Abubaker Bakhasbab, acompanhado por uma jamais vista comitiva de damas vestidas para as mil e uma noites.

Durante sua estadia no Uruguai, o salvador da nossa economia em crise distribuiu promessas prodigiosas: fabulosos investimentos, empregos aos borbotões, salários altíssimos e suculentos juros num piscar de olhos para quem quisesse multiplicar sua poupança.

Ninguém conseguiu resistir à tentação, até que certa noite o xeque se evaporou com comitiva e tudo.

Não deixou de lembrança nem um único anel dos muitos que povoavam seus dedos, mas empapelou a cidade com cheques sem fundos.

A fugaz visão acabou sendo profética: vinte anos depois chegaram poderosas empresas estrangeiras, com a nobre intenção de repetir a história.

As portas do Paraíso

No ano de 2009, o povoado de Moatize, em Moçambique, despertou transformado na maior fonte de carvão do mundo.

Os moradores da vida inteira foram obrigados a abandonar suas querências, enquanto aquelas terras eram devoradas por empresas que vinham de muito longe para celebrar a descoberta.

As minas de carvão esgotaram a água e transformaram o povoado de Moatize em sucursal do Inferno.

Os camponeses até hoje esperam as terras férteis que prometeram a eles.

Receberam solos de pedra.

Viagem ao Inferno

Faz já alguns anos, numa das minhas mortes, visitei o Inferno.
    Eu tinha escutado que nesses abismos servem o vinho que você preferir e os manjares que escolher, amantas e amantes para todos os gostos, música para dançar, um gozo infinito...
    E uma vez mais confirmei que a publicidade mente. O Inferno promete um vidão, mas eu não encontrei nada além de uma multidão fazendo fila.
    A longuíssima fila, que se perdia de vista por aqueles desfiladeiros fumegantes, era formada por mulheres e homens de todos os tempos, dos caçadores das cavernas até os astronautas do espaço sideral.
    Elas e eles estavam condenados a esperar. A esperar desde sempre e para sempre.
    Isso foi o que descobri: o Inferno é a espera.

Minha cara, sua cara

Pelo que dizem os que sabem, os golfinhos se reconhecem no espelho.
Cada golfinho identifica a imagem que o espelho devolve.
Também nossos primos, os chimpanzés, os orangotangos e os gorilas, se olham no espelho e não têm dúvida: este sou eu.
Para nós, porém, a coisa é mais complicada. Acontece nesses dias de depressão e baixo astral, dias perfeitos para receber notícias tristes e tomar sopa de prego: ao iniciar esses dias inimigos, a gente pensa quem será esse fulano que me olha, de quem caralho será essa cara que estou barbeando.

Máscaras

Na África negra, as máscaras são as verdadeiras caras. As outras caras se escondem, as máscaras delatam.
    Conforme a gente olhe, de frente ou de perfil, de perto ou de longe, de cima para baixo ou de baixo para cima, as máscaras africanas revelam, pela magia da sua arte, as diversas pessoas que cada pessoa é, as vidas e as mortes que cada vida contém, porque cada um de nós é mais que um, e as máscaras não sabem mentir.

A sapatada

Rafael Bieber ergueu o sapato numa mão:
— *Este sapato aqui, do jeito que você está vendo, tem sua história.*

E me contou que aquele tinha sido o sapato de um paciente que não conseguia respirar.

Às vezes alguma máquina ou determinadas pílulas abriam seu peito durante um tempo, mas o ar ia embora e não voltava mais, por mais que o sufocado ser chamasse por ele.

Certa noite, o sofrente paciente atirou aquele sapato numa janela fechada. E finalmente o ar entrou em sua casa e no seu corpo, e ele conseguiu dormir um pouco, depois de tantas noites inimigas.

Quando despertou, o chão estava todo regado de pedaços de vidro.

Não era a janela, nenhuma janela: era o que havia sobrado do espelho, o seu espelho, que a sapatada tinha arrebentado em mil pedaços.

O médico

Shen Nong, o deus chinês dos lavradores, sentia profunda compaixão pelas vítimas da água contaminada e das plantas venenosas. Ele ensinou os camponeses a diferenciar o bebível do imbebível e o comível do incomível, e assim, salvando vidas, se transformou no divino patrono da medicina.

    Teria conseguido Shen Nong realizar sua obra benfeitora nos nossos dias? Neste tempo nosso, quando os patos têm asma, as pombas padecem alergias e as garças cospem a água envenenada dos rios?

A paz da água

Não é integrado por juristas o tribunal mais justo do mundo – que é, além de tudo, o mais antigo da Europa.

O Tribunal das Águas foi fundado em Valência no ano de 960, e desde aquele tempo se reúne todas as quintas-feiras, ao meio-dia, numa porta da catedral que tinha sido mesquita.

Esta justiça não vem do alto, nem de fora: os juízes são os lavradores que cultivam suas próprias terras, e entre eles resolvem os litígios pela água dos oito açudes que regam as hortas de Valência.

Os açudes são, como o tribunal, uma herança da Espanha muçulmana.

Havia uma vez um rio

O Ganges, o rio sagrado que atravessa a Índia, nasceu dos sete passos do deus Vishnu, que deixou sua marca nas pedras das sete regiões.

O rio era a encarnação de Ganga, a mais linda das deusas, que tinha sua casa entre as estrelas até que teve a ideia de vir morar neste mundo assassino.

Até há alguns anos, os peregrinos iam ao Ganges beber a água da imortalidade.

Agora, aquela água mata.

O Ganges, um dos rios mais contaminados do mundo, adoece quem o bebe e adoece quem come alimentos regados pelas suas águas.

Havia uma vez um mar

Era lago, um dos quatro maiores lagos do mundo, e por isso era chamado de mar, mar de Aral.

Pouco sobrou daquelas águas, envenenadas pelo lixo industrial e os resíduos dos fertilizantes químicos e abandonadas pelos rios que os engenheiros desviaram.

A água doce se fez salgada e o sal esterilizou a terra.

Uns poucos barcos, que foram pesqueiros e agora são fantasmas, jazem enterrados nas margens.

Às vezes ouve-se vozes anunciando a ressurreição.

Ninguém acredita nelas.

Será preciso mudar de planeta

Deus proíbe que a Índia siga alguma vez o caminho do desenvolvimento no estilo ocidental. O imperialismo econômico de uma só pequena ilha, o reino britânico, tem o mundo inteiro acorrentado. Se nossa nação, com trezentos milhões de habitantes, aplicasse esse método, seriamos gafanhotos capazes de deixar despido o mundo inteiro.

(Mahatma Gandhi, outubro de 1926)

Uma nação chamada Lixo

Em 1997, o navegante Charles Moore descobriu ao sul do oceano Pacífico um novo arquipélago, feito de lixo, e que já era três vezes maior que a Espanha.

As cinco ilhas que formam esse imenso lixão se alimentam de plásticos, pneus usados, ferros-velhos, resíduos industriais e minerais, e muitíssimos outros restos que a Civilização atira das cidades ao mar aberto.

No ano de 2013, começaram uma campanha para outorgar a categoria de estado a essa nova nação, que bem poderia ter bandeira própria.

Aprendizes de feiticeiro

Desde o começo deste milênio existem especialistas que trabalham para salvar a humanidade, em laboratórios dignos do doutor Frankenstein.

Instalaram-se nas ilhas Cayman, mas não para evadir impostos, como poderiam pensar os mal-pensantes, e sim para inventar novos métodos para acabar com o aquecimento do planeta e outras maldições.

Para combater o desastre climático, semearam nuvens no céu enquanto esfriavam a terra lançando canhonaços de enxofre na atmosfera e na estratosfera. E, para acabar com os mosquitos, geraram milhões de machos estéreis, os mosquitos transgênicos, que enganam as mosquitas com promessas de amor, mas nunca se reproduzem.

Autismo

Enquanto a publicidade oferece, na televisão, corpos de automóveis mais eróticos que os humanos despidos, a divinização das rodas e o desuso das pernas estão se transformando numa doença universal.

No princípio deste século, as pesquisas internacionais de opinião revelaram dados eloquentes: a maioria das pessoas respondeu que a pior desgraça que pode acontecer é que roubem seus carros e elas não consigam recuperá-los.

Jogo de adivinhar

Os amigos se reuniram num grande banquete, com uma única condição: iam comer com os olhos vendados.
No final, o cozinheiro pediu:
– *Que cada boca diga o que comeu.*
A maioria opinou:
– *Tem gosto de frango.*
Esse era o único animal que não aparecia no menu, mas ninguém discutiu o assunto. Afinal, já nem mesmo o frango tem gosto de frango, porque agora tudo tem gosto de tudo e de nada, e nestes tempos de uniformização obrigatória os frangos são fabricados em série, como os mariscos e os peixes.
E como nós.

O preço das devoções

Vinte e cinco mil elefantes caem assassinados, cada ano, a golpes de machado ou crivados a tiros lá do alto, de helicópteros, para que suas presas se transformem em objeto de devoção religiosa.

É muito alta a cotação do marfim para a fabricação de anjos do céu e de santos da terra.

Das matanças de elefantes surgem as mais luxuosas esculturas da Virgem Santíssima com o Menino nos braços, o sagrado Menino que simboliza a Bondade e a Piedade, e as presas dos elefantes massacrados tornam possíveis as mais comovedoras imagens da agonia de Jesus.

Profecias

Quem foi que melhor retratou o poder universal, com um século de antecipação?

Não foi um filósofo, nem um sociólogo, nem um cientista político.

Foi um menino chamado Nemo, que lá por 1905 publicava suas aventuras, desenhadas por Winsor McCay, no jornal *New York Herald*.

Nemo sonhava o futuro.

Num de seus sonhos mais certeiros, chegou até Marte.

Esse desditado planeta estava em mãos do empresário que tinha esmagado seus competidores e exercia o monopólio absoluto.

Os marcianos pareciam tontos, porque falavam pouco e pouco respiravam.

Nemo entendeu por quê: o amo de Marte tinha se apoderado das palavras e do ar.

As chaves da vida, as fontes do poder.

Magos

No ano de 2014, o Fundo Monetário Internacional propôs uma fórmula infalível para a salvação universal contra a crise econômica:
Baixar o salário mínimo.
Os especialistas do FMI haviam descoberto que esse corte aumentaria a oferta de empregos para a população jovem: os jovens ganhariam menos, mas podiam compensar a diferença trabalhando mais.
Tão generosos cérebros merecem a gratidão universal.
Mas vão passando os dias e os anos, e ainda não foi posta em prática, em escala universal, essa invenção genial.

Brevíssima síntese da história contemporânea

Desde faz já alguns séculos, os súditos se disfarçaram de cidadãos e as monarquias preferem se chamar de repúblicas. As ditaduras locais, que dizem ser democracias, abrem suas portas ao passo avassalador do mercado universal. Neste mundo, reino de livres, todos somos um. Mas somos um ou somos nenhum? Compradores ou comprados? Vendedores ou vendidos? Espiões ou espiados?

Vivemos presos atrás de barrotes invisíveis, traídos pelas máquinas que simulam obediência e mentem, com cibernética impunidade, ao serviço de seus amos.

As máquinas mandam nas casas, nas fábricas, nos escritórios, nas plantações agrícolas, nas minas e nas ruas das cidades, onde os pedestres somos incômodos que perturbam o trânsito. E as máquinas mandam também nas guerras, onde matam tanto ou mais que os guerreiros fardados.

Diagnóstico da Civilização

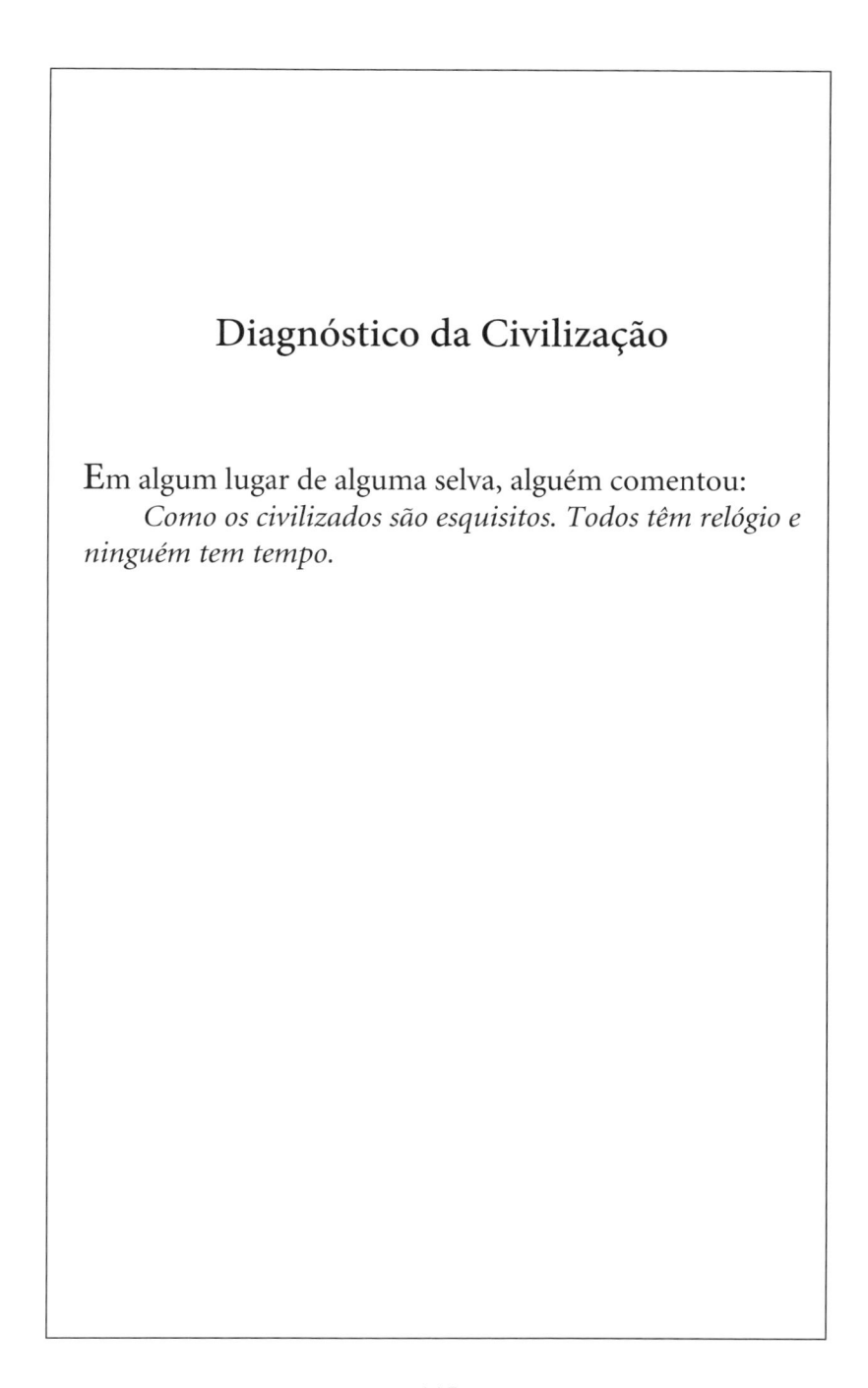

Em algum lugar de alguma selva, alguém comentou:
Como os civilizados são esquisitos. Todos têm relógio e ninguém tem tempo.

Relatório clínico do nosso tempo

A ciência médica chama de *síndrome de Jerusalém* a enfermidade que numerosos turistas padecem por lá.

Esses visitantes da cidade santa, capital de três religiões, sentem a súbita revelação divina: eles são personagens da Bíblia, e montados em qualquer cadeira ou banquinho vociferam, em plena rua, sermões bíblicos, ditados por Deus, que anunciam aos desobedientes o castigo eterno nas chamas do Inferno.

Longe de Jerusalém, uma doença parecida costuma atacar os hóspedes da Casa Branca e outros presidentes que receberam, diretamente do céu, a ordem de exterminar os pecadores.

Sabedorias/1

Lembro dela, vejo ela: a mãe de Pepe Barrientos, ondulando numa cadeira de balanço, rodeada pelo verde das plantas em seu rancho no bairro de Buceo.

A picardia dava luz aos seus olhos, afundados na pele escura, sulcada por mil rugas, enquanto Pepe e eu nos queixávamos, a duas vozes, dos maus amigos que no bairro ou no trabalho se sentiam obrigados a ser mais que os demais e andavam às cotoveladas, simulando abraços.

E então a velha, que era de pouco falar e muito dizer, sentenciou:

— *Pobre dessa gente que vive se medindo.*

Sabedorias/2

Inelte Pereyra trabalha no Hotel Argentino de Piriápolis. Enquanto Helena e eu tomamos o café da manhã lendo os jornais, ele se aproxima, bule de café na mão. E fala como um velho sábio, mas é jovem e sabido:
— *Para ler notícias novas, não tem nada igual aos jornais velhos. Dizem que o cinema antigo era mudo. Que estupidez. Mudo, nunca foi. Não falava porque sabia que o silêncio era melhor.*

O que o rio me contou

Lá por 1880 e pouco, o Gauchito Gil foi pendurado pelos pés e degolado pelas forças da ordem.

Desde aquele tempo, em Corrientes e em outros estados do norte argentino, proliferam os santuários populares que prestam homenagem à sua memória e pedem a ele ajuda para aguentar a vida e evitar a morte.

O Gauchito Gil, santificado pelo povo que por ele sente devoção, tinha sido condenado por crimes inventados. Ele só havia cometido o delito de deserção: tinha se negado a somar-se às filas de soldados argentinos, brasileiros e uruguaios que invadiram o Paraguai e em cinco anos de carnificinas não deixaram rancho de pé nem homem com vida.

– *Eu não vou matar meus irmãos paraguaios* – disse o Gauchito Gil, e essa foi a última coisa que ele disse.

O herói

Orlando Fals Borda me contou esta triste história, que aconteceu na Colômbia durante a guerra dos mil dias.

Enquanto o século vinte nascia, o general José María Ferreira estava lutando nos arredores do rio Magdalena. Numa hábil manobra, avançou no sentido oposto ao dos seus soldados e se refugiou no buraco de um tronco de paineira, que era a única árvore digna de respeito que se erguia naquele imenso nada.

Agachado, esperou.

Ele via as balas, vespas que zumbavam buscando por ele, e desandou a gaguejar orações, suplicando *paineira, paineirinha, não me abandone,*

até que perdeu o controle sobre o próprio corpo e murmurou:

– *Se o sangue tiver cheiro de merda, estou ferido.*

Ainda bem que só a paineira escutou.

Ela sabe guardar os segredos humanos.

O repórter

No dia 18 de agosto de 1947, foi pelos ares um depósito de torpedos no bairro de San Severiano, em Cádiz. Juan Martínez, o Periquito, contou a calamidade de um jeito muito típico da gente de Cádiz:
— *Havia dois marinheiros de plantão na entrada. Ficaram que nem papel de fumar, grudadinhos na parede.*
— *Um gurizinho todo vestido passou dando cambalhotas pelo ar, e quando caiu estava peladinho.*
— *Foi uma loucura. Quem não dava um tiro na cabeça se dependurava pelo pescoço, todinhos cagadinhos de medo.*
— *Eu ia beber, mas não consegui. A boca da garrafa dobrou e ficou olhando pro chão.*
— *Na ponte, a explosão levou com ela a cabeça de um carneiro, e o resto continuou andando.*
— *Fomos salvos pelas muralhas que cuidam da cidade. Elas mandaram as bombas pro céu. Eu vi as estrelas correndo pro alto.*

Mas dez dias mais tarde, na arena de touros de Linares, Manolete morreu de uma chifrada. E em Cádiz ninguém mais falou da catástrofe.

Disputas

Em julho de 2004, a população de San Roque, em Cádiz, se dividiu em duas: uma metade estava com a vaca, de propriedade privada, e a outra metade era favorável ao burro, que pertencia ao município.

Fato é que um morador apresentou uma demanda judicial, exigindo uma indenização porque o burro havia perseguido a vaca com desonestas intenções. A vaca, fugindo do acosso, se precipitou no vazio e morreu. O advogado do burro alegava que a vaca tinha provocado o burro ao sair do capinzal completamente nua e com as tetas ao vento.

O advogado da falecida vaca exigia uma indenização, porque sua cliente tinha sido vítima de acosso sexual.

Outros advogados sentiram-se tentados a meter sua jurídica colher no assunto. A falecida vaca e o burro acabaram sumindo no esquecimento.

A reportagem mais prestigiosa

Júlio César foi correspondente de guerra de suas próprias campanhas.

Ele mesmo se encarregou de escrever, para a posteridade, o muito meticuloso relato de suas façanhas.

Sua obra mais famosa se chama *Comentários sobre a Guerra Gálica*. O tempo transformou em clássico essa exaltação dos méritos militares do autor, que não prestou atenção alguma aos sacrifícios de seus soldados, que jamais se queixavam nem se cansavam.

Júlio César, imperador e deus, repórter de si mesmo, consagrou todo o seu talento literário à homenagem dessa invasão que matou um milhão de gauleses e condenou os sobreviventes à escravidão.

O calado

É chamado de Barbeiro, embora não faça barbas nem corte cabelos.
    Mora nas profundidades dos mares tropicais, e dali não sai.
    Atende perto dos recifes de coral, em sua barbearia protegida por anêmonas e esponjas coloridas.
    Em longas filas os peixes sujos de bactérias, parasitas e fungos esperam.
    Ele limpa todos eles, sempre em silêncio.
    É o único barbeiro que não fala. Nem uma palavra, jamais.

O contador de histórias

O crocodilo de Sanare tinha nascido num casario de Barquisimeto, onde moravam muitos fantasmas que o acompanharam na infância.
Deles falavam seus contos:
o do que fazia os morcegos cantar;
o da abóbora que era habitada pelo duende que comia gente;
o dos cinco diabos que curavam os assustados;
o do bruxo que fazia a sua nuca girar pelo avesso, para que você só pudesse andar para trás;
o do que derrubava as montanhas fazendo-as tropeçarem numa corda;
o do que caçava pombas numa altura tão alta que elas demoravam anos até cair;
o do que usava uma jaqueta com asas e que voando ia de uma aldeia a outra, até que o rio Yacambú roubou a jaqueta, pois andava cansado de nadar e quis voar.

O cantor

O tatu bem que quis cantar desde aquele longínquo dia em que nasceu num areal de Oruro.

Toda vez que caíam as primeiras gotas de alguma chuva ele ia até o poço, com suas patas curtas e de lento caminhar, para escutar o canto das rãs.

As rãs cantavam brincando, e o tatu bem que tentava, em vão, fazer eco a elas. As rãs, os grilos e os pássaros caçoavam da sua voz mais que rouca.

E assim foi, até que o feiticeiro Sebastián Mamani ofereceu outorgar a ele a divina graça do canto, se ele entregasse aquela couraça que cobria seu corpo.

E foi assim que aquela couraça, libertada do corpo, se transformou num *charango*, esse melodioso cavaquinho das altas alturas dos Andes.

E nessa couraça, a partir dela, o tatu, que também responde pelo nome de *quirquincho*, cantou. E cantando continua.

O músico

Em Kashi, a cidade sagrada dos tâmeis da Índia, vivia e soava o mais desafinado flautista do mundo.
Pagavam muito bem a ele, para que tocasse muito mal.
Ao serviço dos deuses, sua flauta atormentava os demônios.
Os habitantes de Kashi o mantinham acorrentado a uma árvore, para que não fugisse. De Querala, Mysore e outras cidades choviam ofertas fabulosas para que ele tocasse.
Todos queriam ter o mestre na difícil arte de ser horroroso.

A poeta

Chamaram ela de Phillis, porque assim se chamava o barco que a trouxe, e Wheatley, porque esse era o nome do mercador que a comprou.
    Tinha nascido no Senegal.
    Em Boston, os negreiros a puseram à venda:
    – *Tem seis anos! Será uma boa égua!*
    Foi apalpada, despida, por muitas mãos.
    Aos treze anos já escrevia poemas em uma língua que não era a dela.
    Ninguém acreditava que fosse a autora.
    Aos vinte anos, Phillis foi interrogada por um tribunal de dezoito ilustrados cavalheiros de toga e peruca. Precisou recitar versos de Virgílio e de Milton e algumas passagens da Bíblia, e também teve que jurar que os poemas que havia escrito não eram plágios.
    Numa cadeira, prestou seu longo exame, até que o tribunal a aceitou: era mulher, era negra, era escrava, mas era poeta.

A viciada

Em Montevidéu, no começo do século dezenove, o capitão José Bonifacio de Toledo pagou trezentos pesos por uma negra de dezoito anos de idade que se chamava Marta.

Era ela a escrava mais bem comportada, *livre de vícios e defeitos*, mas passados poucos dias o comprador exigiu que devolvessem o seu dinheiro. Marta tinha um vício, o pior de todos: na menor oportunidade, escapava sem deixar pista dos seus passos.

Depois de muitas fugas, seu novo dono resolveu acorrentar Marta.

Atada pelos pés e pelas mãos com grilhões de ferro, a viciada em liberdade não se queixava. Em silêncio aceitava o castigo.

Mas poucos dias depois, evaporou-se.

Na cela ficaram quatro argolas de ferro e uma longa corrente intacta.

Nunca mais se soube dela.

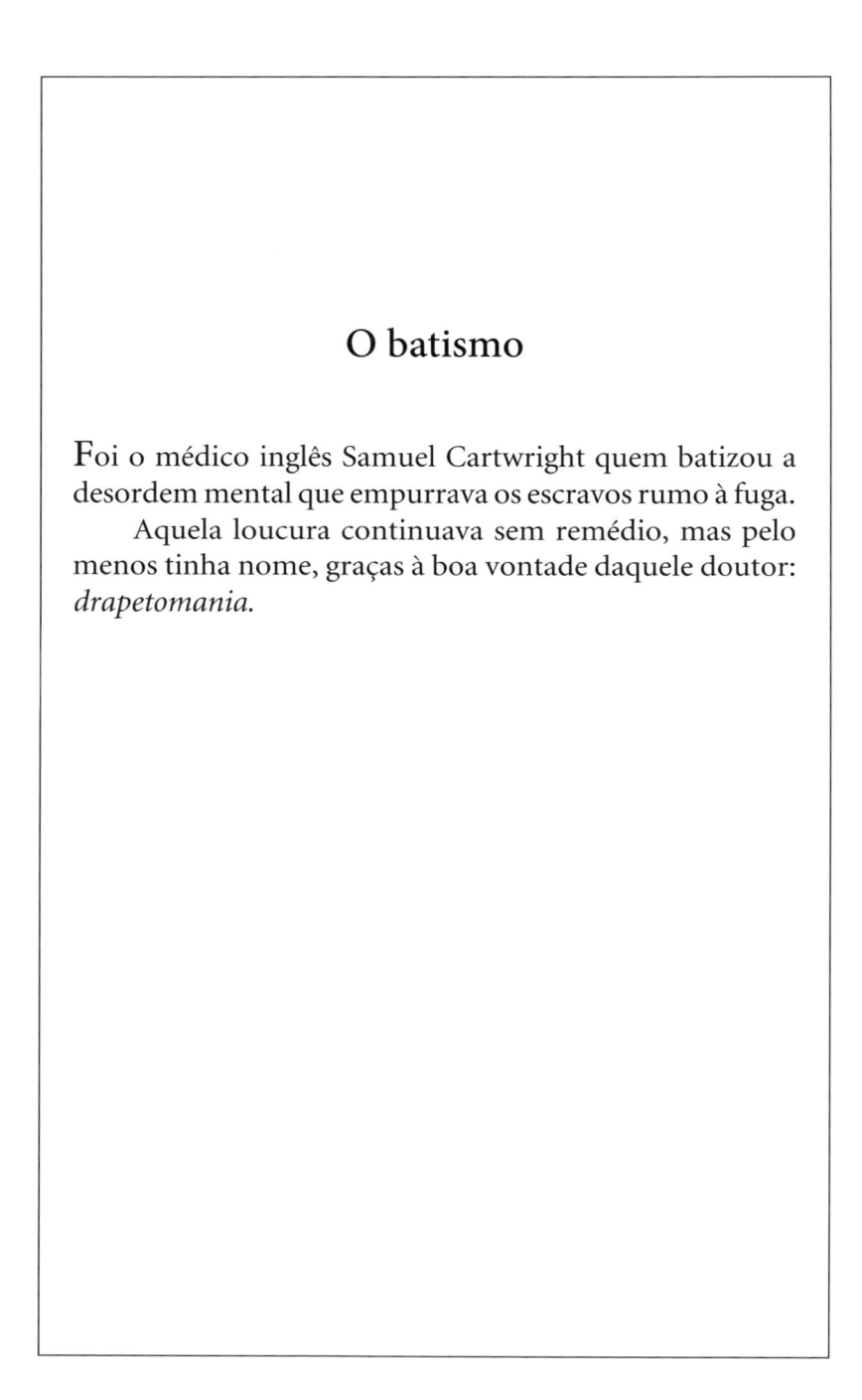

O batismo

Foi o médico inglês Samuel Cartwright quem batizou a desordem mental que empurrava os escravos rumo à fuga.

    Aquela loucura continuava sem remédio, mas pelo menos tinha nome, graças à boa vontade daquele doutor: *drapetomania*.

A sequestrada

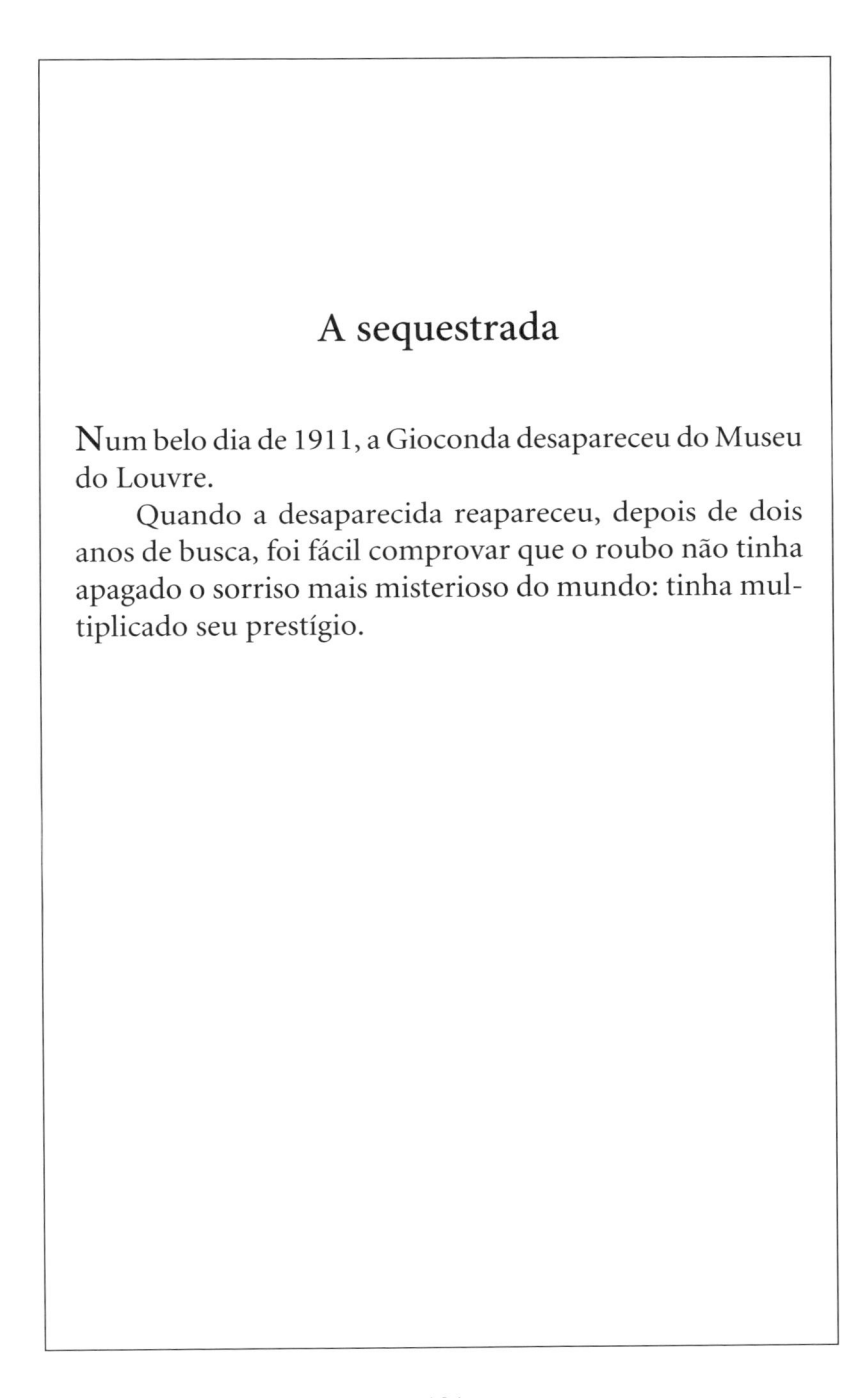

Num belo dia de 1911, a Gioconda desapareceu do Museu do Louvre.

Quando a desaparecida reapareceu, depois de dois anos de busca, foi fácil comprovar que o roubo não tinha apagado o sorriso mais misterioso do mundo: tinha multiplicado seu prestígio.

A dama da lupa

Foi romancista e arqueóloga.
 Decifrando crimes enigmáticos ou escavando ruínas milenares, Agatha Christie respondia aos mesmos desafios.
 São reveladores os títulos de seus livros: *Morte na Mesopotâmia, Aventura em Bagdá, Morte no Nilo, Encontro com a morte, Assassinato no Expresso Oriente...*
 Ela talvez suspeitasse de que as antigas civilizações escondem os crimes e os roubos que deram origem a elas, e a curiosidade a empurrava a perseguir aquelas pistas apagadas, essas pegadas mentidas: o detetive Hercule Poirot, inventado por ela, emprestava sua lupa.

A ídola

Quando se retirou do cinema, o mundo inteiro ficou viúvo dela.

Tinha nascido com outro nome, e graças à sua beleza gélida mereceu ser chamada de Divina, Esfinge Sueca, Vênus Viking...

Meio século depois do adeus, Justo Jorge Padrón, poeta espanhol que falava sueco com sotaque das Ilhas Canárias, estava olhando uma vitrine de uma loja de discos, em Estocolmo, quando o vidro descobriu o reflexo de uma mulher alta e altiva, envolta em peles brancas, parada às suas costas.

Ele deu meia-volta e viu a mulher, queixo erguido, grandes óculos escuros, e disse que sim, era, disse que não, não era, que era, que não era, que podia ser, e por pura curiosidade perguntou a ela:

– *Desculpe, mas... mas... a senhora não é Greta Garbo?*
– *Fui* – disse ela.

E com lentos passos de rainha, se afastou.

A primeira juíza

O nome dela é Léa Campos, é brasileira, foi rainha de beleza em Minas Gerais e continua sendo a primeira mulher que exerceu a arbitragem em diversos campos de futebol da Europa e das Américas.

Conseguiu o título depois de quatro anos de cursos e exames, com diploma e tudo, mas ainda mais fortes que seus apitos soavam os assovios do público de machos indignados com a intrusa.

O juiz sempre foi juiz, o árbitro sempre foi árbitro, nunca árbitra, nunca juíza. O monopólio masculino se rompeu quando Léa conquistou o mando supremo nos gramados, diante de vinte e dois homens obrigados a obedecer as suas ordens e submeter-se aos seus castigos.

Alguns dirigentes do futebol brasileiro foram os primeiros a denunciar o sacrilégio. Houve os que ameaçaram renunciar, e outros invocaram duvidosas fontes científicas que demonstravam que a estrutura óssea da mulher, inferior à do homem, a impedia de cumprir tarefa tão extenuante.

Outra intrusa

João era Joana? Uma mulher ocupou o trono de São Pedro durante dois anos, um mês e quatro dias?
    Há quem diga que a papisa Joana governou o Vaticano desde o ano de 855. Foi, não foi? Verdade histórica ou lenda pura? Mas por que esse assunto continua desatando a indignação da Igreja e o escândalo público?
    Tão grave foi, tão grave é?
    Em outras religiões, há deuses e deusas e os sacerdotes podem ser sacerdotisas. Será por isso que existem os que acham que essas religiões são meras superstições?
    E digo eu, pergunto eu, não sei: não se cansam os machos solteiros que exercem o unicanato do poder na Igreja católica?

Bendito sois vós, Dalmiro

Tenho a sorte de morar numa rua de Montevidéu que leva o nome de um artista, o músico uruguaio Dalmiro Costa, o que é um milagre nesta cidade onde as ruas têm nomes de militares, políticos e de egrégias figuras da história universal.

O direito ao saqueio

No ano de 2003, Samir, um veterano jornalista do Iraque, estava visitando alguns museus da Europa.
De museu em museu, encontrava maravilhas escritas na Babilônia, heróis e deuses talhados nas colinas de Nínive, leões que tinham voado lá da Assíria...
Alguém se aproximou, ofereceu ajuda:
– *Quer que eu chame um médico?*
Engolindo as lágrimas, Samir balbuciou:
– *Não, não. Estou bem.*
E depois explicou:
– *É só que dói ver quanto roubaram e quanto roubarão.*
Dois meses depois, as tropas norte-americanas lançaram sua invasão. O Museu Nacional de Bagdá foi depenado. Foram perdidas cento e setenta mil obras.

Juro

No ano de 2014, por mil e uma vezes, as Nações Unidas prometeram solenemente promover um referendo para decidir se a população do Saara ocidental queria a independência ou preferia continuar sendo um butim roubado pelo Marrocos.
 Uma vez mais, milésima vez, as Nações Unidas juraram respeitar e fazer respeitar o resultado.
 Mas essa consulta coletiva jamais se realizou, por um motivo simples: o Marrocos se negou a cumprir o compromisso assumido diante dos olhos do mundo e continuou sendo dono e senhor da terra e da gente saharaui, do solo e do subsolo ricos em minerais e das águas do mar povoadas por uma incontável multidão de peixes.
 Os patriotas saharauis continuaram proclamando, em vão, sua vontade de independência, e muitos foram parar na prisão ou no cemitério pelo imperdoável crime de lutar para ser livres.

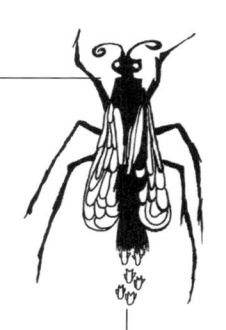

As guerras do futuro

No ano de 2012, Brandon Bryant trabalhava numa base aérea num deserto norte-americano do Novo México.
Era um piloto sem avião, que através de catorze telas e vários teclados teledirigia aviões sem piloto, os chamados *drones*, a dez mil quilômetros de distância.
Em certa ocasião, apareceu nas telas uma casa de campo no Afeganistão, com estábulo e tudo. Dava para ver os menores detalhes.
Quinze segundos: lá da sua lonjura, o comando determinou a ordem de fogo. Dez segundos: Brandon advertiu o comando que numa das telas tinha visto um menino que corria em volta da casa. Seis segundos: a ordem foi repetida. Cinco segundos: Brandon apertou o botão. Três segundos: o *drone* deixou um míssil cair. Dois segundos: um fogaréu, uma explosão, o míssil derrubou a casa, a casa desapareceu e o menino também.
Sobrou só fumaça.
– *Cadê o menino?* – perguntou Brandon.
A máquina não respondeu.
Brandon repetiu a pergunta.
A máquina, finalmente, disse:
– *Não era um menino, era um cachorro.*
– *Um cachorro de duas pernas?*
E Brandon Bryant renunciou à carreira militar.

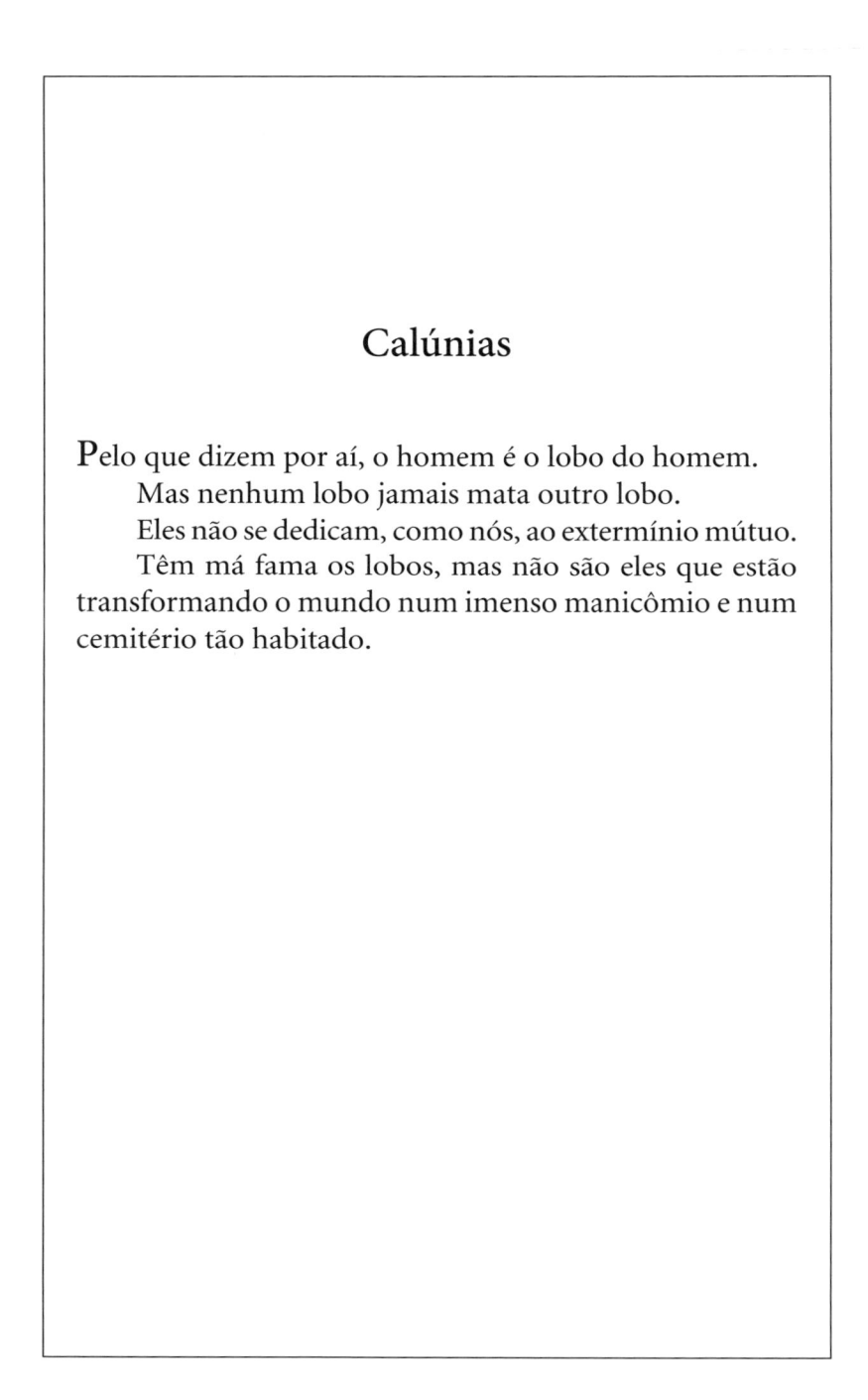

Calúnias

Pelo que dizem por aí, o homem é o lobo do homem.
Mas nenhum lobo jamais mata outro lobo.
Eles não se dedicam, como nós, ao extermínio mútuo.
Têm má fama os lobos, mas não são eles que estão transformando o mundo num imenso manicômio e num cemitério tão habitado.

A guerra contra as guerras

Enquanto o século vinte e um nascia, morria Bertie Felstead, aos cento e seis anos de idade.

Havia atravessado três séculos, e era o único sobrevivente de um insólito jogo de futebol que foi disputado no Natal de 1915. Jogaram aquela partida os soldados britânicos e os soldados alemães, num campo improvisado entre as trincheiras. Uma bola apareceu, vinda sabe-se lá de onde, e desandou a rodar, não se sabe como, e então o campo de batalha se transformou num campo de futebol. Os inimigos jogaram para o alto suas armas e correram para disputar a bola.

Os soldados jogaram enquanto puderam, até que os oficiais furiosos fizeram com que se lembrassem de que estavam ali para matar ou morrer.

Passada a trégua do futebol, voltou a carnificina; mas a bola tinha aberto um fugaz espaço de encontro para aqueles homens obrigados a se odiar.

Revolução no futebol

Comandados por um extraordinário jogador chamado Sócrates, que era o mais respeitado e o mais querido, faz já lá se vão alguns anos, ainda nos tempos da ditadura militar, os jogadores brasileiros conquistaram a direção do Corinthians, um dos clubes mais poderosos do país.

Insólito, jamais visto: os jogadores decidiam tudo, entre todos, por maioria. Democraticamente, discutiam e votavam os métodos de trabalho, os sistemas de jogo que melhor se adaptavam a cada partida, a distribuição do dinheiro arrecadado e todo o resto. Em suas camisetas estava escrito *Democracia Corintiana*.

Depois de dois anos, os dirigentes afastados recuperaram o poder e mandaram parar. Mas enquanto a democracia durou, o Corinthians, governado pelos seus jogadores, ofereceu o futebol mais audaz e vistoso do país inteiro, atraiu as maiores multidões aos estádios e ganhou duas vezes seguidas o campeonato paulista.

Sirva-me outra Copa, por favor

A primeira Copa do Mundo foi disputada no Uruguai, em 1930.

O troféu, uma copa moldada em ouro puro sobre pedras preciosas, foi guardado pelo dirigente do futebol italiano Ottorino Barassi numa caixa de sapatos, debaixo da sua cama, até ser entregue às autoridades da FIFA.

Em 1966, quando terminou a Copa do Mundo disputada na Inglaterra, o troféu foi roubado de uma vitrine de Londres. Os melhores agentes da Scotland Yard não acharam pista alguma, até que um cão chamado Pickles encontrou a Copa, enrolada em jornais, num jardim suburbano de Londres. Pickles foi declarado herói nacional.

O roubo seguinte aconteceu em 1983. A Copa, transformada em lingotes de ouro, desapareceu no mercado negro do Rio de Janeiro.

A partir daí, o vencedor de cada campeonato mundial recebe uma cópia do troféu, mas o original ninguém vê e ninguém toca, trancado num cofre da FIFA em Zurique.

O ídolo descalço

Graças a Sailen Manna, o futebol da Índia ganhou a medalha de ouro nos jogos asiáticos de 1951.
    A vida inteira ele jogou no Mohun Bagan sem receber salário, e nunca se deixou tentar pelos contratos que os clubes estrangeiros ofereciam.
    Jogava descalço, e no campo inimigo seus pés nus eram coelhos impossíveis de serem apanhados.
    Ele sempre levou, no bolso, a deusa Kali, aquela que sabe lutar de igual a igual com a morte.
    Sailen tinha quase noventa anos quando morreu.
    A deusa Kali o acompanhou em sua última viagem.
    Descalça, como ele.

Eu confesso

Vou revelar meu segredo.
Não quero, não posso levar este segredo para a tumba.
Eu sei por que o Uruguai foi campeão mundial em 1950.
Aquela façanha ocorreu graças à valentia de Obdulio, à astúcia de Schiaffino, à velocidade de Ghiggia. É verdade. Mas também por algo mais.
Eu tinha nove anos e era muito religioso, devoto do futebol e de Deus, nessa ordem.
Naquela tarde roí as unhas e a mão também, escutando, pelo rádio, o relato de Carlos Solé, que estava lá no Maracanã.
Gol do Brasil.
Ai!
Caí de joelhos e, chorando, roguei a Deus, ai meu Deus, ai meu Deusinho, me faça esse favor, estou rogando, não me negue esse milagre.
E fiz minha promessa.
Deus me atendeu, o Uruguai ganhou, mas eu jamais consegui lembrar o que é que tinha prometido.
Ainda bem.
Talvez tenha me salvado de andar sussurrando pais-nossos dia e noite, durante anos e anos, sonâmbulo perdido pelas ruas de Montevidéu.

A bola como instrumento

Nas Copas do Mundo de 1934 e 1938, os jogadores da Itália e da Alemanha saudavam o público estendendo a palma da mão para o alto. *Vencer ou morrer*, ordenava Mussolini. *Ganhar um jogo internacional é mais importante, para as pessoas, que capturar uma cidade*, dizia Goebbels.

No Mundial de 70, a ditadura militar do Brasil tornou sua a glória da seleção de Pelé: *Ninguém segura este país*, proclamava a publicidade oficial.

No Mundial de 78, os militares argentinos celebraram seu triunfo, de braços dados com o infaltável Henry Kissinger, enquanto aviões atiravam prisioneiros vivos ao fundo do mar.

Em 1980, no Uruguai, a seleção local conquistou o chamado "Mundialito", um torneio entre campeões mundiais. A publicidade da ditadura vendeu a vitória como se os generais tivessem jogado. Mas foi então que a multidão se atreveu a gritar, pela primeira vez, depois de sete anos de silêncio obrigatório. O silêncio foi quebrado, as arquibancadas rugiram:

Vai acabar, vai acabar, a ditadura militar...

Trambiqueiros, porém sinceros

No dia 14 de abril de 1997, a revista *Sports Illustrated* publicou uma pesquisa reveladora, dirigida pelo prestigiado médico Bob Goldman, sobre a questão das drogas nos esportes olímpicos.

A revista assegurou o anonimato dos atletas, que assim disseram a verdade sem temer as consequências.

A pergunta era:

Você aceitaria usar uma substância proibida, se garantissem que não seria detectável por nenhum tipo de controle e que você ganharia todas as competições?

Disseram sim: 159 atletas.

Disseram não: 3.

Depravados

Uns quantos séculos antes de que a Europa se metesse na América, os mapuches, os tehuelches e outros índios sul-americanos já encerravam suas festas brincando de perseguir uma bola com um galho de ponta curvada.

Em 1764, o concílio de bispos reunido em Santiago do Chile condenou esse jogo, através de seu presidente, o bispo Manuel de Alday, *pela sua promiscuidade, por ser jogado por homens e mulheres, todos misturados.*

Agora se chama hóquei, e deixou de ser pecado.

O condenado

Em 1572, o poeta frei Luis de León foi trancado num calabouço de Valladolid.

Na cela solitária, passou cinco anos da sua vida.

A Santa Inquisição havia condenado o poeta por ter traduzido ao idioma castelhano o Cântico dos Cânticos, o livro da Bíblia que celebra o desejo humano e a humana paixão:

Abra-me, amiga minha,
que esperando está este teu amado
pela tua pomba.
Abra-me, que está o céu chuviscando...

Mais doces que o vinho são os beijos da tua boca.

O proibido

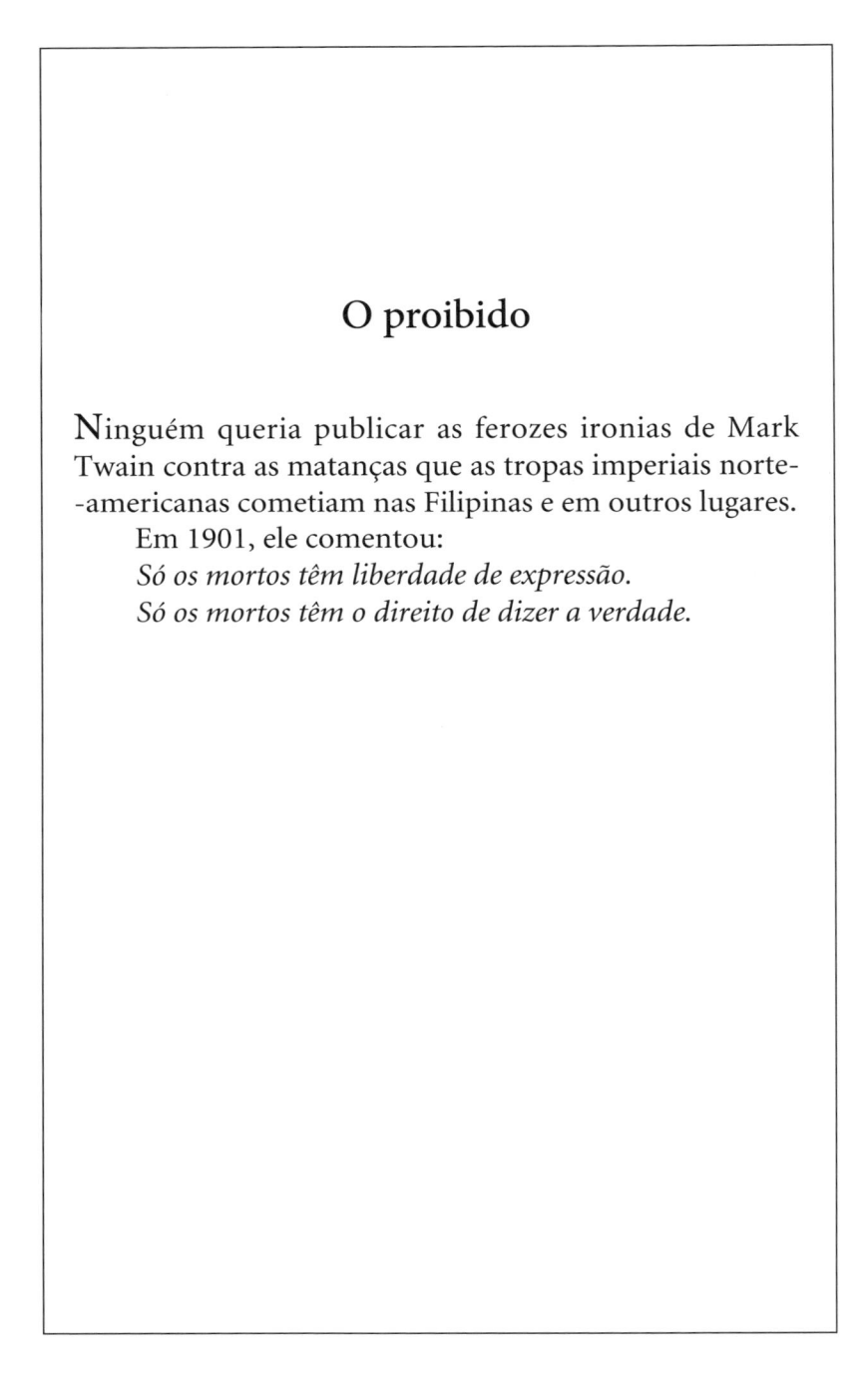

Ninguém queria publicar as ferozes ironias de Mark Twain contra as matanças que as tropas imperiais norte-americanas cometiam nas Filipinas e em outros lugares.
Em 1901, ele comentou:
Só os mortos têm liberdade de expressão.
Só os mortos têm o direito de dizer a verdade.

O querido, o odiado

Monteiro Lobato, o escritor que mais alegria deu e continua dando às crianças do Brasil,
 o que melhor soube ensinar a elas como amar os segredos da terra onde haviam nascido,
 o mais profundo revelador do Brasil profundo,
 o que pagou com cárcere sua defesa do petróleo brasileiro e sua denúncia da cumplicidade dos governos com os gigantes que manejam o negócio do ouro negro e outras riquezas minerais,
 morreu em 1948, aos sessenta e poucos anos, sem casa e sem dinheiro.
 Seu nome estava proibido nos jornais e nas rádios e seus livros tinham sido expulsos das bibliotecas públicas e das escolas públicas e haviam sido queimados nas igrejas, porque não tratavam a religião com o devido respeito.

Bendito seja, sempre, o riso

Darcy Ribeiro entrava e saía da selva como se fosse a sua casa, e era.

Levava uma bagagem modesta, um livro só e nada mais: uma velha edição espanhola de Dom Quixote de la Mancha.

Estendido numa rede, balançando entre as árvores da floresta amazônica, Darcy desfrutava de seu livro favorito. A cada página soltava uma gargalhada e os meninos riam com ele. Nenhum deles sabia ler, mas todos sabiam rir.

O tecelão

Em Oaxaca, no ateliê de Remigio Mestas, a gente aprende que a roupa está viva.

Há curiosos que aparecem atraídos pela beleza dos huipiles, dos rebozos e dos tecidos, mas esse não é mais do que o ponto de partida de um profundo espaço de encontro.

Remigio, índio zapoteca, organizou um grupo de tecelões das mais diversas comunidades mexicanas, que tecendo recuperam suas raízes e seu orgulho:

– *A roupa não é um trapo, um pedaço de pano* – diz Remigio, e explica que, quando são nascidas de mãos amantes, as peças de vestir têm espírito e transmitem energia.

– *O bom tecido diz a você: eu sou a sua segunda pele.*

E para se comprovar que ele não mente, basta tocar qualquer uma de suas obras.

O chapeleiro

Num povoado de Chiapas, tece chapéus de folhas de palmeira Andrés de la Cruz González. Cada chapéu demora até nascer e ser. A folha de palmeira, fervida, fica três dias ao sol e três ao sereno da lua, que faz com que ela fique branca.

Andrés protesta, em vão, porque os jovens preferem os bonés importados, mas ele continua defendendo seus chapéus de palha fina, que protegem os sonhos e os pensamentos que merecem ser recordados.

Ele herdou de seus avós essas artes secretas, que transmitirá aos filhos dos seus filhos, para que a correntinha do tempo não se rompa jamais.

Os tecidos e as horas

Em pleno sol fia e tece o povo dogon, na república africana de Mali.

Os tecidos, alimentados pela luz, brilham e riem. Seus autores os chamam de *palavras*.

Por seu lado, são calados e escuros os tecidos filhos da noite.

Ninguém quer tecer depois do crepúsculo. Ao ir embora, o sol fecha as portas do céu, e quem tece corre o risco de ficar cego.

O carpinteiro

Daniel Weinberg levou um bom tempo buscando alguma imagem que mostrasse Jesus na carpintaria, para ilustrar um livro da Organização Internacional do Trabalho.

Não tinha jeito: na história da arte inteira não aparecia o Cristo operário.

Finalmente, e depois de muito perguntar, Daniel encontrou, em Oaxaca, uma madeira pintada em 1960, por autor anônimo, que mostrava a família toda, e o menino Jesus estava ajudando o pai na carpintaria.

Raríssimo.

O descobridor

Louis Pasteur não apenas inventou o método químico que leva seu nome e defende nossos alimentos.
Também descobriu, entre outras vacinas, a que nos salva dos animais enfermos de raiva.
Mas muito mais difícil foi seu combate contra outra raiva: a raivosa inveja de muitos de seus colegas.
Em meados do século dezenove, os jornais discutiam qual seria o melhor manicômio para trancar Pasteur: Charenton ou Sainte-Anne?

O ginete da luz

Em 1895, quando estava saindo da infância, Albert Einstein teve uma visão que abriu, para ele, portas desconhecidas; sonhou, ou imaginou, que cavalgava pelos céus montado num raio de luz.

Alguns anos mais tarde, essas portas conduziram Einstein até a teoria da relatividade e a outras iluminações.

O escultor

Em maio de 1649, Sevilha perdeu o aroma que sempre havia dado fama e consolo para a cidade.
 Sevilha, cidade da flor de laranjeira, cheirava a morte.
 Acossadas pela peste, as pessoas abriam valetas para se deixar morrer, e as laranjeiras davam pena em vez de flor.
 O escultor Juan Martínez Montañés, que ao longo de seus muitos anos havia criado os Cristos e os santos dos templos sevilhanos, quis esculpir a fragrância perdida.
 Dedicou a essa tarefa toda a energia que tinha sobrado nele, noite a noite, dia a dia.
 E, talhando flores, morreu.
 Dizem que Sevilha ressuscitou porque ele ofereceu em sacrifício a pouca vida que lhe restava. E dizem que suas flores, nascidas das suas mãos, limparam o ar da cidade moribunda.

O cozinheiro

Em dias antigos, o rei de Maní de Iucatã entregou ao cozinheiro um animal recém-caçado e ordenou que servisse a ele a melhor parte.
　　O rei saboreou a língua assada.
　　Pouco depois, o rei entregou ao cozinheiro outro animal recém-caçado e ordenou que servisse a pior parte.
　　E outra vez houve língua no prato.
　　O rei ficou bravo, mas o cozinheiro tinha razão.

O bombeiro

Desde que nasceu, Emilio Casablanca foi artista pintor e um vira-noites incurável.

Numa de suas longas bebedeiras, Emilio se perdeu várias vezes nos labirintos da Cidade Velha de Montevidéu, até que finalmente conseguiu encontrar a sede do Partido Socialista, onde tinha seu albergue. A duras penas subiu até o sótão e desmoronou no colchão. Um cigarro aceso pendia de uma das suas mãos.

A noite se apagou e Emilio também. Mas o cigarro, não.

De madrugada, o Pistola Dotti chegou para cumprir sua habitual missão de faxineiro, quando sentiu um cheiro pungente, forte no ar.

A fumaça vinha do sótão. O Pistola disparou escadaria acima e empurrou a porta: através da fumaceira, seus olhos ardidos conseguiram adivinhar as pequenas chamas que brotavam da cama onde Emilio dormia profundamente.

Estava longe da água, lá no banheiro ou na cozinha, e o Pistola, que passou a ser chamado assim a partir daquela façanha, não vacilou. Fazendo das tripas coração, num só lance baixou as calças. E regou.

Artistas

Lucio Urtubia, pedreiro anarquista, produzia cheques perfeitos, porém falsos, para sabotar a ditadura espanhola. Os governos fabricavam dinheiro para financiar a especulação, enquanto Lucio sonhava financiar a revolução. Além do mais, em suas horas livres assaltava bancos, enquanto os bancos assaltavam países.

Outro falsificador daquela época, Adolfo Kaminsky, era tintureiro e desenhista. Graças aos seus bons ofícios, muitos perseguidos conseguiram fugir com fardas militares de cores trocadas. E em plena ocupação nazista, na aterrorizada cidade de Paris, Adolfo não dormia nunca. Passava as noites falsificando documentos de identidade, certidões de batismo e salvo-condutos, ao ritmo de uns trinta por hora.

O defunto

Em 1975, Lal Bihari solicitou uma certidão de nascimento na municipalidade de Azamgarh, no estado hindu de Uttar Pradesh.

Algum funcionário se enganou e entregou a ele uma certidão de óbito.

A partir de então, Lal Bihari dormiu na rua, comeu lixo, fez longuíssimas filas, noite e dia, de repartição em repartição, preencheu formulários, assinou cartas, pediu auxílio às igrejas e às instituições que ajudam os desesperados, e aprendeu como pode ser difícil para um morto conseguir emprego ou mulher.

Um advogado aconselhou-o a se enforcar, porque era impossível corrigir registros oficiais, e Lal Bihari não conseguia provar que não estava se fazendo de vivo. Tampouco tinha um sindicato para defendê-lo.

Então ele fundou a Associação de Defuntos da Índia. Foi o primeiro sindicato de mortos do mundo.

Papai vai ao estádio

Em Sevilha, durante um jogo de futebol, Sixto Martínez comenta comigo:
— *Aqui existe um torcedor fanático que sempre traz o pai.*
— *Claro, é natural* — digo. — *Pai boleiro, filho boleiro.*
Sixto tira os óculos, crava o olhar em mim:
— *Este de quem estou falando vem com o pai morto.*
E deixa as pálpebras caírem:
— *Foi seu último desejo.*
Domingo após domingo, o filho traz as cinzas do autor de seus dias e as põe sentadas ao seu lado na arquibancada. O falecido tinha pedido:
— *Me leva para ver o Betis da minha alma.*
Às vezes o pai ia até o estádio numa garrafa de vidro.
Mas numa tarde os porteiros impediram a entrada da garrafa, proibida graças à violência nos estádios.
E a partir daquela tarde, o pai vai numa garrafa de papelão plastificado.

Pegadas perdidas

Todo dois de novembro os mortos mexicanos viajam para visitar os vivos.

Nesse dia sagrado, dia e noite de farra corrida e festança sem fim, os vivos e os mortos se juntam e comem e bebem e dançam e cantam e contam.

São muitos, porém, os mortos que se perdem pelo caminho, por mais que os sinos e as rezas chamem por eles, e por mais fácil que pareça ser seguir a rota das flores que assinalam o caminho.

Eles, os perdidos, foram embora faz tempo, foram para longe, expulsos pela fome ou os tiros, e longe morreram.

Agora são pobres almas errantes, que sem destino vagam buscando a terra natal, para reencontrar, mesmo que por um só dia, um dia só, sua gente, que espera por eles: *minha gente, os meus.*

Mas acontece que também sua gente mudou de domicílio e de todo o resto, e o que era já não é o que era, nem está onde estava, e não se sabe quem é quem nem quem é de onde, se daqui, se dali ou de lugar nenhum.

Ausente sem avisar

México, Dia dos Mortos, ano de 2012.
 No cemitério de Dolores não cabe um alfinete. O povoado inteiro se reuniu para esperar seus defuntos.
 O mais esperado, porém, Diego Rivera, artista pintor, de novo não veio.
 Dizem que disse:
 – *Não venho de jeito nenhum. Tenho três viúvas enterradas aqui mesmo, e não quero que arruínem a minha morte.*

A oferenda

Certa vez perguntei a Fernando Benítez, que era sábio em vivos e mortos, por que os defuntos que regressavam ao México todo dia 2 de novembro eram sempre, ou quase sempre, defuntos, e nunca, ou quase nunca, defuntas.
    Ele me respondeu sem responder, contando a triste história da falecida Juana.
    Fernando tinha ouvido essa tristeza em Cihualtepec, pela boca de um tal Pafnucio, que tinha ficado viúvo de Juana e havia se casado com outra, *porque eu não nasci pra ser sozinho*.
    E já estava chegando a festa dos mortos e Pafnucio estava longe, muito longe, trabalhando, e deixou a tarefa para a nova mulher: que armasse um altarzinho para a finada Juana e pusesse uma oferenda.
    E a nova mulher fez o altarzinho e como oferenda pôs uma pedra aquecida em brasa, *esse manjar que manda o seu Pafnucio adorado*.
    A defunta Juana recebeu aquele fogo na boca e seus berros chegaram até a mais longe das lonjuras.
    – *Pois veja só* – contou Pafnucio. – *Voltei a puro galope, para fazer justiça. E que se diga que sou, e sempre fui, um homem pacífico, e então quando ela me confessou sua maldade, eu só apliquei nela umas tantas chibatadas.*

As outras estrelas

Quando chega o Dia dos Mortos, algumas aldeias maias, como Sumpango e Sacatepéquez, põem para voar as mais enormes e mais coloridas pipas do mundo.
   As pipas semeiam de estrelas novas os treze céus. São obras de todos, crianças e avós, e nas alturas se cruzam com os mortos que estão baixando ao mundo, onde bons tragos e bons manjares estão esperando por eles.
   E quando o vento sopra forte, brincando leva as pipas com os meninos presos na linha que as ata. Nenhum menino grita. Eles voam cantando e se negam a obedecer às vozes que lá da terra querem arruinar seu passeio.

Os reis do campo-santo

Enrique Antonio, nascido nas altas neblinas que sobem vindas lá de Mérida, viu muita gente que veio para ficar, e até assistiu a uma ressurreição: um morto ficou bravo, em pleno velório, quando os que choravam por ele começaram a discutir o preço do enterro. Então se levantou e disse:
– *Se for para ser assim, melhor eu ir a pé.*
Enrique não gostava de ser chamado de sepulteiro, nem de coveiro. Ele é o rei do campo-santo, como seu colega Fortunato Martínez, que semeia os mortos do povoado de Arenales.
Os dois estão há uns bons e muitos anos em seus reinos:
– *Eu cuido dos meus mortos, e eles cuidam de mim* – dizem.
E toda manhã, bem cedinho, levantam as cruzes tombadas pelo vento ou pela chuva ou pela velhice, e tornam a plantar as cruzes sem erro algum. Seria imperdoável cravar uma cruz em cima do morto errado.

Último desejo

Na última manhã do ano de 1853, Ciriaco Cuitiño, que havia sido delegado de polícia e temido degolador, pagou a conta.

Devia muitas mortes.

Sua mão nunca havia tremido, e não tremeu sua voz quando expressou seu último desejo:

– *Agulha e linha.*

E tranquilamente costurou as calças na camisa, ponto por ponto, como tão importante ocasião requeria.

Ciriaco balançou durante muitas horas, dependurado na forca, numa das praças principais de Buenos Aires, para escarmento dos rebeldes.

As calças não caíram.

A música nos gatilhos

No Ceará, nordeste do Brasil, terra seca, gente dura, há os que nascem marcados para morrer.

Quando os donos da terra e das gentes resolveram acabar com o mais perigoso da hora, encarregaram a tarefa a um cangaceiro de comprovada eficiência, que acumulava uma boa quantidade de vítimas nas costas.

E advertiram:

– *Vai ser muito difícil. O homem está muito bem guardado pelos capangas que devem favores a ele.*

E perguntaram:

– *Você está disposto? Tem coragem pra isso?*

E o cangaceiro esclareceu:

– *Coragem, não sei. Tenho o costume.*

Cores

Ao longo de mil anos, a Virgem Maria mudou de cor quatro vezes.

No luto pelo seu filho assassinado, vestiu manto negro.

Depois, passou para o azul, e do azul para o dourado.

A Virgem se veste de branco desde 1854, quando o papa Pio IX revelou o dogma da Imaculada Conceição. O branco é a cor da pureza da mulher que foi mãe de Deus sem jamais ter sido tocada por mão de homem.

Corpos que cantam

Em várias selvas e rios das Américas continua vivo um costume que espantou, tempos atrás, os conquistadores europeus: os corpos dos indígenas oferecem coloridas nudezes.

Da cabeça aos pés, os corpos mostram arabescos e símbolos pintados em vermelho, negro, branco ou azul.

Os índios dizem que essas são obras dos deuses, para guiar seus passos e iluminar suas cerimônias.

Os corpos pintados são vacinas de beleza contra a tristeza.

O corpo é um pecado

Em 1854, depois de seis anos de matrimônio, o escritor inglês John Ruskin se divorciou.
    Sua mulher alegou que ele não havia cumprido jamais seu dever conjugal, e ele se justificou assegurando que ela padecia de *uma anomalia monstruosa*.
    Ruskin era o crítico de arte mais respeitado da Inglaterra vitoriana.
    Ele havia visto uma incontável quantidade de mulheres nuas, pintadas, desenhadas ou esculpidas, mas não havia visto nenhuma com os pelos púbicos, nem nas telas, nem em mármore, e muito menos na cama.
    Quando descobriu, na sua noite de núpcias, a revelação do pelo entre as pernas, aquilo arruinou seu matrimônio. A *anomalia monstruosa* era uma indecência da natureza, indigna de uma dama bem-educada e talvez típica das negras selvagens, que nas selvas se exibem despidas, como se o corpo inteiro fosse rosto.

Sagrada família

Pai castigador,
    mãe abnegada,
    filha submissa,
    esposa muda.
    Como Deus manda, a tradição ensina e a lei obriga:
    o filho golpeado pelo pai
    que foi golpeado pelo avô
    que golpeou a avó
    nascida para obedecer,
    porque ontem é o destino de hoje e tudo que foi continuará sendo.
    Mas em alguma parede, de algum lugar, alguém rabisca:
    Eu não quero sobreviver.
    Eu quero viver.

Primeira juventude

Não fazia muito que eu tinha estreado calças compridas quando uma noite, em horas proibidas, desandei a caminhar, sozinho, pelos bares do porto de Montevidéu.
Numa virada de esquina me chegaram ecos de gemidos e bofetadas, vindos lá da rua Yacaré.
Respirei fundo, juntei coragem e fui até lá. E vi. Na luz de alguma lâmpada de rua, vi uma mulher levando porradas, os braços abertos, as costas contra a parede, e timidamente me aproximei e disse, ou quis dizer:
— *Escuta aqui, senhor, assim, não...*
Aquele a quem me dirigia largou uma porrada que me fez voar.
Fiquei grudado no chão, enquanto ele me chutava as costelas e ela, a que apanhava, me dava na cabeça com os saltos dos sapatos, que nem quem martela pregos.
Não sei quanto tempo passou até que se cansaram, interromperam o castigo e foram-se embora, ele muito adiante e ela, obediente, seguindo seus passos.
E lá fiquei, estendido, até que alguém me socorreu.
Eu tinha levado uma lição.
Nunca consegui aprender essa lição.

O prazer, privilégio masculino

O que será esse rolinho de carne que aparece entre as pernas das mulheres? Para quê serve?

A ciência não encontrava resposta, até que se impôs a certeza de que o clitóris era um erro da anatomia feminina.

Em 1857, o cientista inglês William Acton sentenciou:

– *A mulher recatada não busca prazer no sexo. Ela só deseja comprazer seu marido e dar-lhe filhos.*

A partir desse dia, ficou demonstrado que o orgasmo feminino era imaginário e não era necessário para o sagrado exercício da maternidade.

Virtuosos

Os clérigos, que tinham feito voto de castidade, eram os especialistas que ditavam as normas da vida sexual.

No ano de 1215, o cardeal Robert de Courçon determinou:

– *Ao homem devoto provoca desgosto sentir prazer, mas suporta esse desgosto para engendrar filhos saudáveis.*

A Igreja ameaçava: iam nascer *leprosos ou epiléticos* os filhos engendrados em algum dos trezentos dias de abstinência obrigatória.

Castigos

No ano de 1953, a Câmara Municipal de Lisboa publicou a Ordenança Número 69 035:
Tendo-se verificado o aumento de atos atentatórios contra a moral e os bons costumes, que dia a dia estão acontecendo em locais públicos e jardins, determina-se que a polícia e os guarda-bosques mantenham uma permanente vigilância sobre as pessoas que procurem as vegetações frondosas para a prática de atos que atentam contra a moral e os bons costumes, e se estabelecem as seguintes multas:
– Mão sobre mão: $2,50
– Mão naquilo: $15,00
– Aquilo na mão: $30,00
– Aquilo naquilo: $50,00
– Aquilo por trás daquilo: $100,00
Parágrafo único: com a língua naquilo, $150,00 de multa, prisão e fotografia.

Bésame mucho

Os beijólogos demonstraram que o beijo apaixonado faz trabalhar trinta e nove músculos da cara e de outras zonas do corpo.

Também se comprovou que o beijo pode transmitir gripe, rubéola, varíola, tuberculose e outras pestes.

Graças aos cientistas, sabemos agora que o beijo pode deixar exaustos os atletas olímpicos e pode adoecer sem remédio os mais santos exemplares do gênero humano.

E no entanto...

A desobediente

Pelo que dizem as vozes antigas, Eva não foi a primeira mulher que Deus ofereceu a Adão.

Outra existiu, antes. O nome dela era Lilith, e até que valia a pena, mas tinha um defeito grave: não parecia ter o menor interesse em viver obedecendo as ordens de Adão.

As imagens, sempre obra de anônimos artistas masculinos, mostram Lilith nua em seu reino da noite, dotada de asas de morcego, envolta em serpentes, o baixo ventre ardendo em fogos e com um sorriso demoníaco, sedento de sangue de machos.

Lilith não é lá muito popular no mundo masculino.

Dá para entender.

Crônica gastronômica

Chicheface foi um dos personagens inventados pela imaginação popular, na França, durante a Idade Média.

Era um monstro que se alimentava devorando as mulheres que jamais contrariavam as ordens de seus maridos.

Esse era o único quitute do seu cardápio.

Mas as submissas eram bastante escassas, apesar do que dizem alguns historiadores.

Eram tão poucas, que o coitado do Chicheface morreu de fome.

Culpadas

Aglaonike, a primeira mulher astrônoma, que viveu na Grécia no século quinto antes de Cristo, foi acusada de bruxaria porque podia prever as eclipses e suspeitavam de que era ela quem fazia a lua desaparecer.

Uns tantos séculos depois, Jacoba Felice foi levada a julgamento em Paris, em agosto de 1322. Ela curava os enfermos, e essa habilidade era proibida às mulheres e, legalmente, reservada aos doutores que fossem machos e solteiros.

A maldita

Catalina de los Ríos y Lisperguer, também conhecida como La Quintrala, a mulher mais bela do Chile, foi acusada de praticar bruxaria, de envenenar o próprio pai e de apunhalar seus amantes e torturar seus serviçais.

Mas era outro o mais horrendo dos seus crimes: ela tinha nascido ruiva. Tinha sido feita das chamas do Inferno sua longa cabeleira, e suas sardas eram a marca, o selo de fábrica do Diabo.

Morreu em 1665. Sua enorme fortuna, terras e escravos recebidos como herança, permitiu que ela comprasse o perdão, e salvou-a de morrer na fogueira que os inquisidores tinham preparado para ela.

Love story

A orquídea, rainha de beleza nos jardins do mundo, convoca o amor, e o amor se apresenta.

O amor jura que suas intenções são honestas, e a orquídea acredita que essa abelha é a dos seus sonhos, e a mosca é a da sua vida, e esta aqui é a tão ansiada borboleta, e suspira fundo porque finalmente poderá fundar um lar e gerar insetozinhos iguaizinhos à mamãe.

Mas este amor eterno dura trinta segundos. O amante se cansa da monotonia conjugal, descobre que essa orquídea não contém seu néctar preferido, e então fica só com o pólen e foge em busca de outras flores, e de flor em flor voa, penetra e foge.

A desenganada orquídea não desanima, não fica desolada.

Espera.

Charles Darwin, apaixonado pelas orquídeas, contou essa história triste, em termos estritamente científicos, três anos depois de publicar sua famosa obra sobre a origem das espécies.

Piolhos

No Panamá, escutei dizer:
– *São sujos. Têm piolhos. Os índios são sujos.*
No arquipélago de San Blas, mar de espelhos, ilhas de areia branca, comprovei que sim, mas não: os índios hunas têm piolhos, mas se banham com tanta frequência e entusiasmo que entre eles me coroei, naqueles dias, como rei dos porcos.

A água não chega até a cabeça. Os índios guardam os piolhos vivos na cabeça, para que sejam arrancados pela pessoa amada.

Segundo manda a tradição, quem ama você haverá de provar que ama você salvando você do tormento desses demônios minúsculos.

Aranhas

Na cidadezinha de Sabaneta, era chamado de *Aranheiro*, porque apregoava pelas ruas suas aranhas:
– *Aranhas quentes, pras velhas que não têm dentes!*
– *Aranhas saborosas, pras moças formosas!*
Mas as aranhas que aquele menino vendia não tinham patas peludas, não agarravam ninguém em suas teias e não envenenavam ninguém, e não tinham o mau hábito de engolir o macho depois do amor.

Ninguém sabia por que eram chamadas de aranhas as guloseimas que a avó de Hugo Chávez preparava com suco de mamão, para que o neto ajudasse no orçamento familiar.

Aquela nuca

Em 1967, passei uma temporada na Guatemala enquanto os esquadrões da morte, militares sem farda, semeavam o terror. Era a guerra suja: o exército norte-americano tinha treinado a mesma coisa no Vietnã e estava ensinando a lição na Guatemala, seu primeiro laboratório latino-americano.

Na selva conheci os guerrilheiros, os mais odiados inimigos daqueles fabricantes de medo.

Cheguei até eles, nas montanhas, levado por um automóvel dirigido por uma mulher que, astutamente, driblava todos os controles. Eu não vi aquela mulher, nem conheci a sua voz. Estava coberta da cabeça aos pés, e não disse nenhuma palavra durante as três horas da viagem, até que com um gesto da mão, em silêncio, abriu a porta de trás e me mostrou a vereda secreta que eu devia seguir montanha adentro.

Anos mais tarde, fiquei sabendo que ela se chamava Rogelia Cruz, que colaborava com a guerrilha e que tinha vinte e seis anos quando foi encontrada debaixo de uma ponte, depois de ter sido mil vezes violada e mutilada pelo coronel Máximo Zepeda e toda a sua tropa.

Eu só tinha visto a sua nuca.

Continuo a vendo.

Aqueles olhos

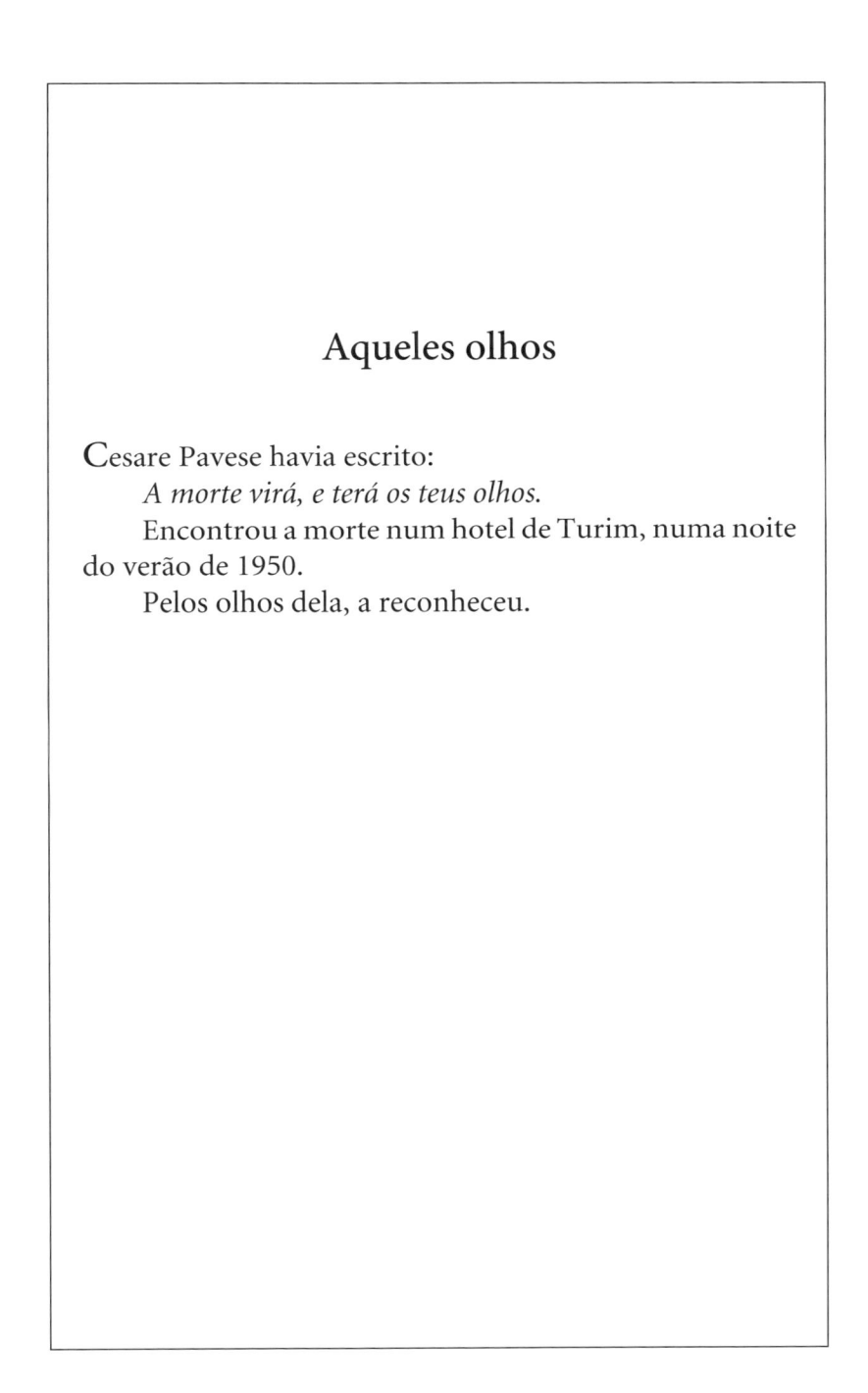

Cesare Pavese havia escrito:
A morte virá, e terá os teus olhos.
Encontrou a morte num hotel de Turim, numa noite do verão de 1950.
Pelos olhos dela, a reconheceu.

O som atrevido

Todo dia, às duas em ponto da tarde, a sirene da fábrica soava naquele povoado de Alicante. E às duas em ponto Joaquín Manresa se plantava na esquina e esperava.

E então aparecia, pedalando, a cara ao vento, os cabelos soltos, aquela mulher única entre as muitas trabalhadoras que naquela hora saíam do trabalho. Mas as outras, Joaquín nem via.

Ele jamais deixou de comparecer ao encontro, combinado por ninguém, e ela jamais deteve sua bicicleta.

Joaquín jamais soube o nome dela.

Muitos anos depois, ele andava caminhando pelas ruas de uma cidade chamada Porto, muito longe da sua aldeia de Alicante, outro mapa, outra língua, outro país, quando tornou a escutar aquela inconfundível sirene da fábrica, aquele chiado feio que trinta e dois anos antes havia anunciado o grande momento de cada dia.

E ele se plantou na esquina, e esperou.

Ninguém passou.

Ninguém havia.

A sirene tinha se enganado.

Era um primeiro de maio.

Briga de casal

A lua e o sol moravam juntos e se davam muito bem, até que o sol surpreendeu a lua beijando, com paixão total, a estrela do amanhecer.

O sol bateu nela. Segundo os mapuches, as cicatrizes do castigo continuam à vista no corpo da lua; e de suas lágrimas prateadas nasceu a arte indígena da ourivesaria da prata.

E nunca mais moraram juntos. Quando o sol sai, a lua vai embora. Quando a lua aparece, o sol se esconde.

Confusões de família

Roberto Bouton, médico rural, colheu muitas vozes nos campos do Uruguai.
   Assim foi o adeus à vida de um tal Canuto, lenhador, pastor e lavrador:
   – *Olha só, doutor. Acontece que eu me casei com uma viúva, que tinha uma filha já crescida, e meu pai vai e se apaixona por essa filha e se casa com ela, e assim meu pai virou meu genro e minha enteada se transformou em minha madrasta.*
   E minha mulher e eu tivemos um filho, que virou cunhado do meu pai e meu tio. E depois minha enteada teve um filho, que veio a ser meu irmão e, ao mesmo tempo, meu neto.
   O senhor me acompanha, doutor? Entende? Tudo isso é um pouco complicado, reconheço, mas resumindo: acontece que eu acabei sendo marido e neto da minha mulher. E assim fomos até que um mau dia, doutor, eu entendi: sou meu próprio avô!
   O senhor está entendendo? É uma situação insuportável. Só conto para o senhor porque o senhor é um doutor e sabe tudo.

Revelações

O telefone tocou.

    O sotaque era inconfundível, mas não reconheci a voz.

    Muito tempo sem notícias. Eu não sabia nada daquele amigo que tinha ficado em Montevidéu quando fui para o exílio.

    – *Vem pra cá* – disse a ele, e dei os horários do trem que percorria a costa catalã até Calella de la Costa.

    Caminhando até a estação, fui recordando algumas das nossas andanças.

    Meu amigo não tinha mudado muito. O riso, franco, era o que era, e ele também.

    Passeamos por algumas ruas do povoado.

    Ele não disse nada, até que, entre dentes, comentou:

    – *Que feio!*

    E em silêncio continuamos caminhando.

    Foi a primeira vez que ouvi alguém dizer aquilo. E talvez tenha sido também a primeira vez que percebi que era verdade.

    E doeu. Doeu em mim.

    E porque doeu em mim, entendi que eu gostava do lugar onde vivia.

O taxista

Faz uns quarenta anos, fui a Estocolmo pela primeira vez. E pela primeira vez entrei num táxi sueco.

O taxista desceu do carro como quem desce de uma carruagem, abriu a porta para mim, me disse o preço da viagem e com toda a cortesia me deu o troco e se despediu com uma leve reverência.

Fazia muito frio, como de costume, e confesso que achei que tanto sacrifício era inútil.

De noite, comentei com amigos.

Não é que na Suécia havia um governo socialista? Que coisa eram aqueles serviçais do tempo dos senhores e dos lacaios?

Eles ficaram calados.

Mais tarde, e com santa paciência, me explicaram que o taxista havia acatado uma lei socialista, promulgada para proteger os trabalhadores.

Para receber pela corrida, o chofer tinha a obrigação de sair do automóvel. E assim, sem notar, fazia ginástica. Aqueles breves passos na rua favoreciam a circulação do sangue, moviam os músculos e exercitavam os pulmões.

As doenças profissionais dos taxistas tinham diminuído de maneira radical, desde que a lei havia entrado em vigor.

A recém-nascida

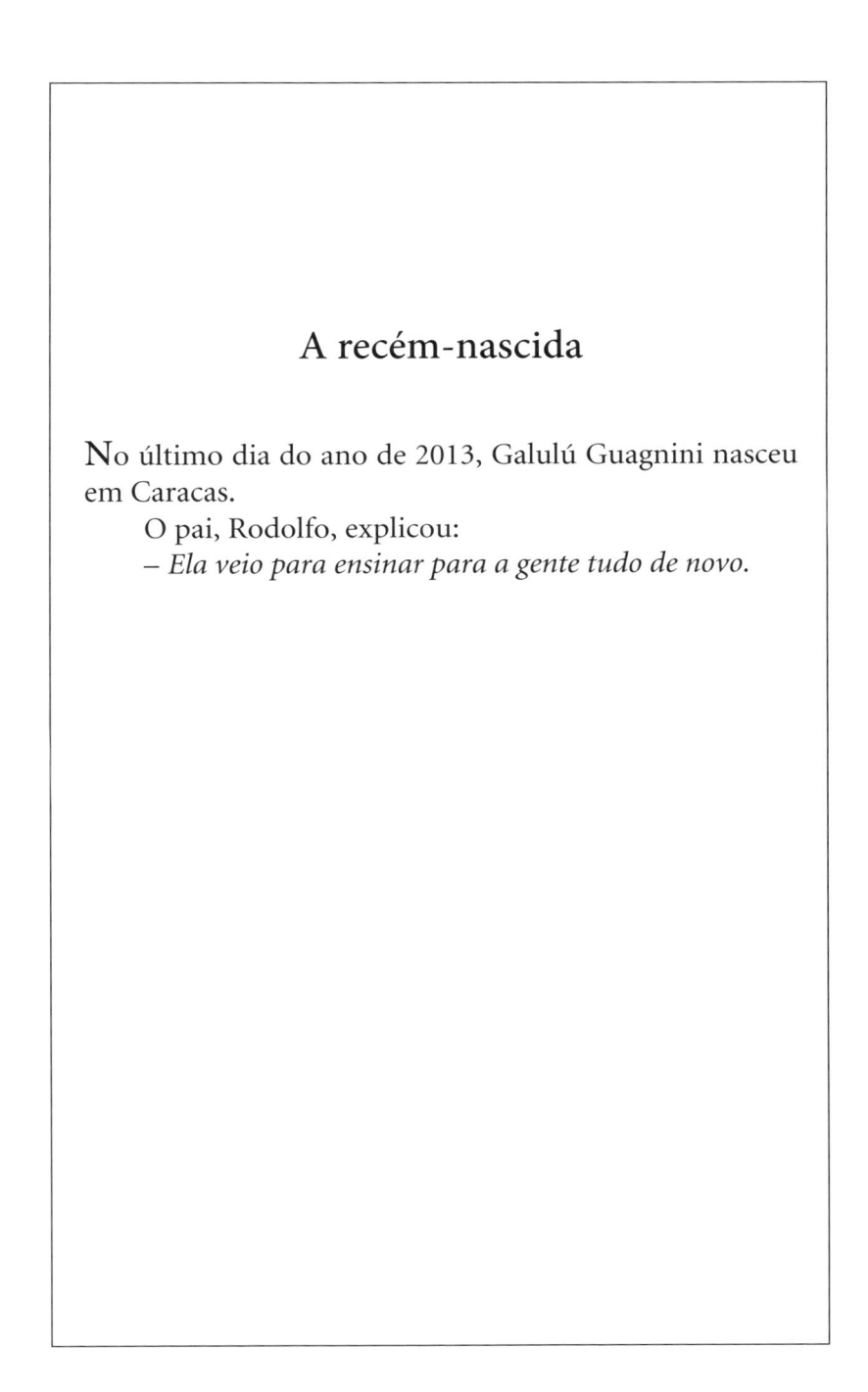

No último dia do ano de 2013, Galulú Guagnini nasceu em Caracas.
 O pai, Rodolfo, explicou:
 – *Ela veio para ensinar para a gente tudo de novo.*

Afrodite

Fazia pouco que Catalina e Felipe tinham descoberto o mar, e não havia quem tirasse os dois da água. Pulando ondas passavam seus dias, enquanto na areia da praia jaziam, esquecidos, os baldes, as pazinhas, as forminhas de armar palácios e castelos.

Certa noite, contei aos dois:

– *Havia uma vez uma mulher que se chamava Afrodite. Ela tinha nascido da espuma. E eu estou achando que vocês também.*

Na manhã seguinte, escutei a gritaria que vinha das ondas.

Eram eles, que gritavam para a espuma:

– *Mamãe!*

Lilário

Frases proferidas pela senhorita Lila Rodríguez, quando tinha entre cinco e seis anos de idade:
– *Por que a gente não vê os marcianos no céu?*
– *O bebê, quando está na barriga da mãe, tem brinquedos?*
– *Estou em perigo! Tem duas formigas olhando para mim!*
– *Das letras, prefiro o U, porque está rindo.*
– *Por que você acendeu a luz, mamãe? Por que apagou a luz da escuridão?*
– *Quero morder minha orelha, mas não consigo!*
– *Sabe uma coisa? Eu quero sempre estar onde não estou.*
– *Quando eu for grande, não vou ter filhos porque os filhos enchem o saco.*
– *Se quero esses biscoitos para amanhã? Claro que sim. O futuro tem fome.*
– *Papai Noel existe porque eu quero que exista.*

O inventor

Não fazia muito que Manuel Rosaldo tinha iniciado a vida escolar, quando inventou a sua injeção.

A agulhada era na bunda, mas o efeito era na cabeça. Uma só injeção era suficiente para enfiar na cabeça todos os conhecimentos que a humanidade havia acumulado em milhares e milhares de anos de andar averiguando os segredos do mundo.

Esse invento era muito bom para o menino inventor, que assim podia viver em férias para sempre; mas também tinha uma indiscutível utilidade para os pais e os professores, que já não tinham motivo para perder tempo ensinando ao aluno o que ele já tinha aprendido pela via injetável.

Da mesma forma que aconteceu com outras grandes invenções da humanidade, ninguém levou a sério essa revolução pedagógica.

Meninos que batizam

Estas são vozes de crianças que, nas escolas colombianas de Antioquia, estão aprendendo a chamar as coisas pelo nome. As vozes foram recolhidas por Javier Naranjo e outros professores:

Boca: *Deus fez para mastigar, mas também é usada para falar.*

Chuva: *É quando Jesus está mijando.*

Diabo: *É o mais falastrão.*

Distância: *É quando alguém vai embora de alguém.*

Espírito: *É o segundo corpo, o que vive na morte.*

Guerra: *Gente que se mata por um pedaço de terra ou de paz.*

Igreja: *O lugar para onde as pessoas vão para perdoar Deus.*

Lua: *É a que dá a noite pra gente.*

Universo: *A casa das estrelas.*

Lá na minha infância

Era a noite do 5 ou do 6 de janeiro.

Deixei uma carta nos meus sapatos, e ao lado pus uns punhados de capim e uns copos d'água para os camelos que iam chegar, exaustos, vindos do lado de lá do mundo.

A noite inteira não fechei um olho. De vez em quando escutava os passos dos camelos, carregados de embrulhos enormes, e adivinhava as sombras dos três reis magos.

Assim que o sol saiu, dei um pulo e saí correndo para procurar os presentes que os reis tinham trazido para mim.

Um par de meses depois, entrei na escola pela primeira vez.

Na hora do recreio, um dos meus companheirinhos de classe teve a amabilidade de me informar:

– *Bobão. Será que você não sabe que os reis magos são os nossos pais?*

Demorei a reagir. Quando voltei à realidade, cego de fúria, encurralei o garoto contra a parede e bati nele até ele chorar.

A diretora me suspendeu.

Quando fui indultado e voltei, ninguém mais falou daquele tema perigoso.

A vocação

Ele se chama Rama e trabalha em Tenali, uma aldeia do sul da Índia.

Era muito menino quando descobriu sua vocação.

Foi no templo da deusa Kali.

Inclinado aos pés da deusa, o pequeno Rama cantou o hino que a venera, mas não conseguiu evitar um ataque de riso.

A deusa não gostou nem um pouco.

Ela tem mil caras, e pelas suas mil bocas exigiu explicações.

O menino confessou:

– *Eu tenho um nariz só. E é bastante complicado assoar o nariz toda vez que fico resfriado. Como é que você faz para assoar seus mil narizes?*

A deusa condenou o menino a riso perpétuo. E é disso que ele vive: de rir.

Essa pergunta

A família Majfud havia sido encurralada pela ditadura militar uruguaia, tinha sofrido cárcere e torturas e humilhações e havia sido despojada de tudo que tinha.
    Certa manhã, as crianças brincavam numa velha carreta quando soou um tiro. Elas estavam longe, mas o tiro atravessou os campos de Tacuarembó e então ficaram sabendo, sabe-se lá como, sabe-se lá por que, que o tiro tinha vindo da cama da tia Marta, a mais querida.
    Desde aquela manhã, Nolo, o menor da família, pergunta e se pergunta:
    – *Por que a gente nasce, se temos que morrer?*
    Jorge, o irmão mais velho, tenta ajudá-lo.
    Procura uma resposta.
    Os anos vão passando, como passam as árvores na janela do trem. E Jorge continua procurando a resposta.

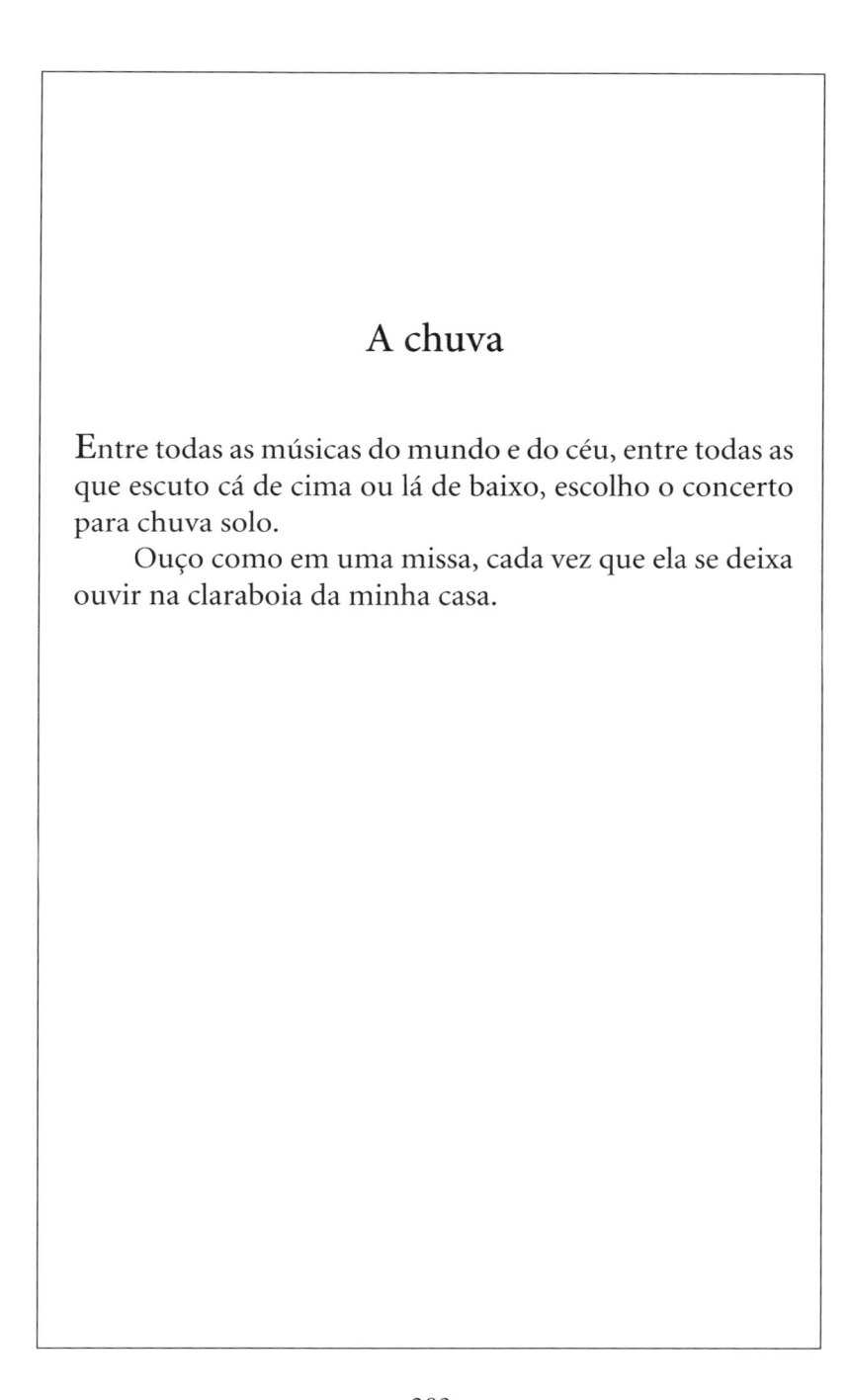

A chuva

Entre todas as músicas do mundo e do céu, entre todas as que escuto cá de cima ou lá de baixo, escolho o concerto para chuva solo.
    Ouço como em uma missa, cada vez que ela se deixa ouvir na claraboia da minha casa.

As nuvens

De noite, quando ninguém as vê, as nuvens descem até o rio.

Inclinadas sobre o rio, recolhem a água que mais tarde elas choverão sobre a terra.

Às vezes, quando estão em plena atividade, algumas nuvens caem e são levadas pelo rio.

Quando chega a manhã, qualquer um pode ver as nuvens caídas passarem.

Elas derivam sobre as águas, lentos barquinhos de algodão olhando o céu.

O rio esquisito

Eram crianças vindas lá de terra adentro, muito adentro, que nunca tinham estado na praia de Piriápolis, nem em praia alguma, e que nunca tinham visto o mar.
No máximo se atreviam a molhar os pés, mas ninguém quebrava as ondas. Para vencer o medo, um dos meninos, o mais sabido, explicou o que era o mar:
– *É um rio com uma margem só.*

Os caminhos do fogo

Na mais antiga antiguidade, as flores não tinham pétalas e o pampa não tinha gaúchos, mas dinossauros.

Muito tempo depois, chegou o fogo.

A partir de então, o fogo nos salva da escuridão e do frio. E enquanto executa suas terrestres tarefas, envia a fumaça, céu acima, até a morada das divindades.

Pelo que me contaram em Michoacán, a fumaça é o alimento dos deuses.

Ou será que os deuses fumam?

A lua

A lua morria de vontade de conhecer a terra.
Depois de muito duvidar, se deixou cair.
Tinha vindo por um instante, mas ficou presa na copa de uma árvore justo quando começava a sua viagem de regresso ao céu.
A lua sentiu que nunca mais ia se livrar daquela prisão de galhos e ramos e sentiu-se horrivelmente sozinha, mas teve a sorte de que um lobo aparecesse, lá dos fundos da selva, e o lobo passou toda a noite brincando com ela, acariciando a lua com o focinho, fazendo cócegas na sua pança branca e contando piadas que até que não eram tão ruins assim.
Pouco antes do amanhecer, o lobo ajudou a lua a se libertar da ramagem, e a lua foi-se embora, céu acima.
Mas não foi sozinha: a lua roubou a sombra do lobo, para que ele não se esquecesse jamais daquela noite compartilhada.
Por isso o lobo uiva.
Está suplicando que a lua devolva a sua sombra roubada.
A lua se faz de surda.

O mar

Helena estava fazia horas ou anos sentada na frente do mar, que se abria aos seus pés e invadia seus olhos e seus pulmões.

Sentia pena de ir embora.

E para não ir embora nunca, foi, mas pôs rodinhas no mar e levou o mar com ela. Como se fosse a sua sombra, porque o mar era feito, como ela, de sol e de sal.

Os contos contam

Carlos Bonavita sempre me dizia:
– *Se for verdade que o caminho se faz ao andar, você deveria ser ministro de Obras Públicas...*
Meus pés gostam de se deixar ir pela costa de Montevidéu, nas margens do rio da Prata. Em 1656, Antonio de León Pinelo escreveu, em Madri, que este era um dos quatro rios do Éden. Acho que exagerou um pouquinho, verdade seja dita, embora lá na minha infância, ou ao menos na minha memória, suas águas fossem transparentes.

Passaram-se muitos anos, e já não são transparentes as águas deste rio largo feito mar, mas eu continuo caminhando na sua margem enquanto em mim caminha, caminhante caminhado, a terra onde nasci.

Caminho e dentro de mim também caminham as palavras, à procura de outras palavras, para contar as histórias que elas querem contar.

As palavras viajam sem pressa, como as alminhas peregrinas que vagam pelo mundo e como algumas estrelas cadentes que às vezes se deixam cair, muito lentamente, nos céus do sul.

As palavras caminham latejando. E nesses dias, por puro acaso, fico sabendo que no idioma turco *caminhar* e *coração* têm a mesma raiz (*yürümek, yürek*).

Já lá se vão uns tantos anos, nos meus tempos de exílio, na costa da Catalunha, escutei um estimulante comentário de uma menina, de oito ou nove anos, que, se não me engano, se chamava Soledad.

Eu estava bebendo alguma coisa com seus pais, também exilados, quando ela me chamou num canto e perguntou:

– *E você, faz o quê?*

– *E... eu... escrevo.*

– *Você escreve livros?*

– *Pois é... livros.*

– *Eu não gosto de livros* – sentenciou.

E como já tinha me posto contra as cordas, bateu forte:

– *Os livros são quietos. Eu gosto é das canções, porque as canções voam.*

A partir do meu encontro com aquele anjinho de Deus, tentei cantar. Não consegui jamais, nem no chuveiro. Cada vez que canto, os vizinhos gritam pedindo para que o cachorro pare de latir.

Não conheço o Jorge Ventocilla. Quer dizer, não o conheço pessoalmente, mas meus livros são seus amigos e, através deles, eu também sou amigo dele.

Quando saiu *Espelhos*, Jorge decidiu que esse livro, desconhecido no Panamá, merecia circular de mão em mão.

Não era muito o dinheiro que ele tinha na poupança, mas num surto de loucura destinou tudo à compra de exemplares de *Espelhos* e os colocou para rodar, nos cafés, nas lojas, nas barbearias, nas bancas de jornal, em tudo que era lado, com uma advertência escrita por ele:

Este livro, gratuito, é um livro viajante. Leia e passe adiante, para outra pessoa.
E assim está sendo.

Eu não tive a sorte de conhecer Sherazade.
Não aprendi a arte de narrar nos palácios de Bagdá.
Minhas universidades foram os velhos cafés de Montevidéu.
Os contadores anônimos de contos me ensinaram o que sei.
No pouco ensino formal que tive, porque não passei do segundo grau, fui um péssimo aluno de história. Mas nos cafés descobri que o passado podia ser presente, e que a memória podia ser contada de tal maneira que deixasse de ser ontem para se transformar em agora.
Meus mestres foram os admiráveis mentirosos que nos cafés se reuniam para encontrar o tempo perdido.
Nas rodas de amigos onde eu costumava entrar de penetra, escutei uma das melhores histórias que recebi na vida. Tinha acontecido no começo do século vinte, nos tempos da guerra dos ginetes pastores nas pradarias do meu país, mas o narrador a contava de tão contagiosa maneira que conseguia que todos estivéssemos onde ele dizia que havia estado.
Ele tinha percorrido, depois da batalha, o campo semeado de mortos.
Entre os mortos havia um rapaz belíssimo, que era, ou ao menos parecia, um anjo.
Na testa tinha uma faixa branca, avermelhada de sangue.
Na faixa, estava escrito: *Pela pátria e por ela.*
A bala tinha entrado na palavra *ela*.

Um dos meus mestres na arte de narrar se chamava Rolendio Martínez.
Acho que não sabia ler nem escrever.
Quando o conheci, ele andava perto dos cem anos, e dizia:
— Idade, não tenho. *Eu já não faço anos nem uso relógio.*
Lembrava seus amigos dos tempos remotos, carinhosamente, mas sem facilitar nada:
— *Pois é, esse aí era bom. Bom. Mas só isso, bom, e nada mais.*
E para falar da guerra, começava por esclarecer:
— *Eu não sou jacaré viúvo, desses que caminham com a cabeça olhando de lado. Mas vejo clarinho, clarinho.*
Nele, as imagens tinham ficado marcadas a fogo, desde a sua remota infância, e ele continuava vendo todas elas.
Uns ginetes haviam passado, como vento, diante de seus olhos de menino. Havia um degolado e ele continuava vendo, o talho de orelha a orelha, o jorro de sangue que brotava sem parar:
— *Aquele pobre desgraçado tinha perdido o cavalo e andava soltando murros no ar, caminhando aos tropeções, sem saber que estava morto.*

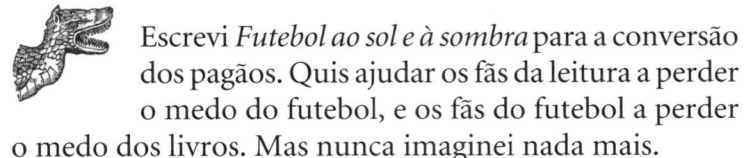

Escrevi *Futebol ao sol e à sombra* para a conversão dos pagãos. Quis ajudar os fãs da leitura a perder o medo do futebol, e os fãs do futebol a perder o medo dos livros. Mas nunca imaginei nada mais.
No entanto, segundo Victor Quintana, que foi deputado federal no México, esse livro salvou a sua vida. Em meados de 1997, ele foi sequestrado por uns assassinos profissionais, contratados para castigar suas denúncias contra um montão de negociatas.

Ele já estava amarrado no chão, de bruços, e estava sendo morto a pontapés quando na última trégua, antes do tiro final, os assassinos se enroscaram numa discussão sobre futebol.

Então Victor, mais morto que vivo, meteu a colher no debate.

E começou a contar histórias desse livro, negociando minutos de vida por cada conto saído daquelas páginas, como Sherazade tinha trocado um conto por cada uma das mil e uma noites de vida.

E as horas e as histórias foram passando.

E no fim, os assassinos abandonaram Victor, amarrado e coberto de porradas, mas vivo.

Disseram a ele:

— *Você é boa gente* — e foram embora com suas balas.

Em *Bocas do tempo*, contei uma história que aconteceu em 1967 no principal estádio de futebol da Colômbia.

Não cabia um alfinete, o estádio fervia. O campeonato estava sendo definido entre os dois times dominantes de Bogotá: o Millonarios e o Santafé.

Omar Devanni, artilheiro do Santafé, caiu na área, no último minuto daquele superclássico; e o árbitro apitou pênalti.

Mas Devanni tinha tropeçado: ninguém havia acertado ele, nem mesmo roçado. O árbitro tinha se enganado, e não podia mais dar marcha a ré diante da multidão rugidora que lotava o estádio.

Então Devanni chutou aquele pênalti que não existia. Disparou muito serenamente, lançando a bola muito, muito longe mesmo do arco rival.

Esse ato de coragem selou a sua ruína, mas outorgou a ele o direito de se reconhecer cada manhã diante do espelho.

Uns quantos anos depois, recebi uma carta de alguém que eu não conhecia, Alejandro Amorín. Devanni já estava afastado do futebol, tinha um bar em algum lugar do mar do Caribe, quando esse Alejandro perguntou a ele sobre aquele assunto. No começo, Devanni disse que não se lembrava. Depois disse que podia ser, quem sabe?, talvez tivesse chutado mal aquele pênalti, *saiu assim, chutei mal, foi sem querer, são coisas do futebol...*

Falou como se desculpando por ter sido tão digno.

Outra história de *Bocas do tempo*. Em determinado dia de outubro de cada ano, tocava o telefone na casa de Mirta Colángelo:

– *Alô, Mirta. Sou Jorge Pérez. Você deve imaginar por que estou ligando. Hoje faz dezesseis anos que encontrei aquela garrafa. Ligo, como sempre, para celebrar.*

Jorge tinha perdido o emprego e a vontade de viver, e andava caminhando sua desdita entre as rochas de Puerto Rosales, quando encontrou uma das naus da frota que os alunos de Mirta arrojavam, todo ano, ao mar. Dentro de cada garrafa havia uma carta.

Na garrafa que Jorge encontrou, ou que foi dar nele, a carta, muito molhada mas ainda legível, dizia:

– *Eu me chamo Martin. Tenho oito anos. Procuro um amigo pelos caminhu da água.*

Jorge leu, e aquela carta devolveu a vida a ele.

Dias e noites de amor e de guerra abre com uma frase de Karl Marx, da qual sempre gostei pelo otimismo que irradia:

– *Na história, como na natureza, a podridão é o laboratório da vida.*

Quando o livro foi traduzido para o alemão, o tradutor, que conhecia a obra de Marx de cabo a rabo, me perguntou de onde eu tinha tirado aquela frase, que ele não recordava de jeito nenhum e não encontrava em nenhum livro.

Quero esclarecer que sou dos poucos seres vivos autores de quatro façanhas: li a Bíblia, completa; li *O capital*, completo; atravessei a cidade de Los Angeles, de cabo a rabo, caminhando; e também atravessei caminhando a Cidade do México. Eu achava que a frase era de *O capital*, e busquei e busquei, mas não a encontrei. Tinha certeza de que minha memória não havia traído essa síntese perfeita do pensamento dialético do grande barbudo alemão, e respondi ao tradutor:

– *A frase é de Marx, só que ele esqueceu de escrever.*

Em 1970, inscrevi *As veias abertas da América Latina* no concurso da Casa das Américas, em Cuba. E perdi. De acordo com o júri, o livro não era sério. Em 1970, a esquerda ainda identificava esquerda com chatice.

As veias foi publicado depois e teve a sorte de ser muito elogiado pelas ditaduras militares, que proibiram o livro. Na verdade, o prestígio nasceu aí, porque até aquele momento não tinha vendido quase nenhum exemplar, nem a família comprava o livro.

Mas graças ao êxito que alcançou nos meios militares, o livro começou a circular com sorte cada vez maior. A não ser no meu país, o Uruguai, onde entrou livremente nas prisões militares durante os primeiros seis meses da ditadura. É estranho, porque naqueles anos, os da Operação Condor, em que as ditaduras se reproduziam com traços muito semelhantes – quase idênticos –, em diferentes países da América Latina, as mesmas coisas eram proibidas.

Os censores uruguaios, ao verem o título, achavam que estavam diante de um tratado de anatomia, e os livros de medicina não estavam proibidos.

O engano durou pouco.

James Cantero, uruguaio como eu, jogador de futebol como eu queria ter sido, me escreveu uma carta em 2009.

Eu não tinha ouvido falar dele.

Ele me disse que tinha uma coisa para me dar.

E me deu.

Uma velha edição de *As veias*.

Um capitão do exército de El Salvador tinha dado aquele livro de presente para ele, fazia já alguns anos.

O livro tinha viajado meio mundo, acompanhando James e suas andanças do futebol.

– *Esse livro buscou você. Estava esperando por você* – disse quando me entregou o livro.

O livro estava atravessado por um tiro, ferido de morte: um furo na capa, outro na contracapa.

O capitão tinha encontrado o livro na mochila de um guerrilheiro morto entre os muitos caídos na batalha de Chalatenango, no finzinho de 1984.

Não havia nada mais na mochila.

O capitão nunca soube por que pegou o livro, nem por que guardou. E James também não soube explicar, nem se explicar, por que carregou aquele livro com ele durante um quarto de século, de país em país.

A verdade é que com o tempo, e depois de muito andar, o livro chegou às minhas mãos.

E nas minhas mãos está.

É a única coisa que sobrou daquele garoto sem nome.

Este livro fuzilado é seu corpo.

Em *Espelhos*, contei histórias não muito conhecidas, ou totalmente desconhecidas.

Uma dessas histórias tinha acontecido na Espanha, em 1942. O quartelaço de Francisco Franco, chamado de Rebelião Nacional, que não foi outra coisa que um vulgar golpe de Estado, tinha aniquilado a República Espanhola.

A ditadura anunciou que uma prisioneira, Matilde Landa, ia se arrepender publicamente de suas satânicas ideias e na cadeia receberia o santo sacramento do batismo.

A cerimônia não podia começar sem a convidada especial. Matilde havia desaparecido.

Ela se atirou do telhado e o corpo explodiu, feito uma bomba, no pátio da prisão.

O espetáculo não foi interrompido. O bispo batizou aquele corpo destroçado.

Espelhos ia em meio do processo de impressão quando recebi uma carta da revisora, que trabalhava na editora e tinha terminado seu trabalho de caçadora de erratas.

Ela queria saber de onde eu tinha tirado aquela informação. Todos os dados eram corretos, mas ela só os conhecia por relatos familiares.

Matilde era sua tia.

Minha neta Catalina tinha dez anos. Nós dois vínhamos caminhando por alguma rua de Buenos Aires quando alguém se aproximou e pediu que eu autografasse algum livro meu, não me lembro qual.

E continuamos caminhando, abraçados, até que Catalina balançou a cabeça e formulou este estimulante comentário:

– *Não entendo por que tanta agitação, se nem eu leio o que você escreve.*

Faz algum tempo, estive numa escola de Salta, no norte argentino, lendo contos para as crianças.

No final, a professora pediu que os alunos me escrevessem cartas, comentando a leitura.

Uma das cartas me aconselhava:

– *Continue escrevendo, que você vai melhorar.*

Esta história costuma ser lida nas escolas do meu país.

Uma tarde, eu andava passeando pelo Parque Rodó, na beira do rio-mar de Montevidéu, quando de repente me vi rodeado por uma alvoroçada multidão de meninos, vestidos com seus uniformes escolares e seus grandes laços azuis fazendo as vezes de gravata.

Os meninos gritavam:

– *O senhor dos foguinhos! O senhor dos foguinhos!*

Naquela tarde, essa revoada de garotinhos me outorgou o único título nobiliário que recebi na vida.

O primeiro de maio é o dia mais universal de todos.

O mundo inteiro se paralisa rendendo homenagem aos operários que foram enforcados, em Chicago, pelo delito de se negarem a trabalhar mais que oito horas diárias.

Na minha primeira viagem aos Estados Unidos, me surpreendeu que o primeiro de maio fosse um dia como qualquer outro dia, e nem mesmo a cidade de Chicago, onde a tragédia tinha acontecido, tivesse noção disso. E em *O livro dos abraços*, confessei que essa desmemória doía em mim.

Muito tempo depois, recebi uma carta de Diana Berek e Lew Rosenbaum, lá de Chicago.

Eles nunca haviam celebrado a data, mas no ano de 2006, pela primeira vez, junto a uma multidão jamais vista, tinham podido render homenagem aos operários que na forca tinham pago a sua valentia.

Chicago te abraça, dizia a carta.

Marie-Dominique Perrot era professora em um instituto em Genebra.

Em meados de 1995, ela me contou que um incêndio havia arrasado o instituto, e que não tinha sobrado mais que um montão de ferros fumegantes. E me contou que, no dia seguinte, um dos professores havia desafiado a proibição de entrar naquelas ruínas e tinha regressado com um livro a meio queimar. Estava chamuscado, mas ainda era possível adivinhar, meio que a duras penas, o título: *Mémoire du feu*.

O primeiro volume de *Memória do fogo* era, na sua edição francesa, o único objeto que tinha sobrevivido às chamas.

Em sua carta, a professora comentou:

– *É como se o fogo quisesse assinar o trabalho que tinha feito.*

E acrescentou:

– *Isso me fez lembrar a frase de Jean Cocteau, quando perguntaram a ele o que resgataria da sua casa, se ela estivesse incendiando. "O fogo", respondeu.*

Na difícil tarefa de dizer muito com pouco, me ajudaram muito, sem nenhuma compaixão, Helena Villagra e Fernando Rodríguez.

Fernando era erva silvestre, nascido em casa pobre e com pouca ou nenhuma educação formal, mas tinha um olfato muito fino para detectar palavras sobrantes.

Quando escrevi o segundo volume de *Memória do fogo*, enfrentei o desafio de contar, em muito poucas palavras, a história de Camila O'Gorman e o padre Ladislao Gutiérrez, protagonistas de um escândalo que tinha comovido a cidade de Buenos Aires em meados do século dezenove, e que tinha culminado com o fuzilamento dos dois, pelo delito de amor.

É muito difícil contar o amor, e contar sem encher o amor de palavras.

Fernando, que estava morando aqui em casa, recusava tudo:

– *Tem muita pedra nessas lentilhas* – me dizia e repetia, até que, depois de tanto cortar palavras inúteis, aquelas pedras no meio das lentilhas, o relato daquele amor condenado ficou reduzido a uma única linha.

E então, finalmente, Fernando se deu por vencido. Aquela única linha dizia:

– *Por um erro, eles são dois. A noite corrige.*

Minha trilogia *Memória do fogo* nasceu de um poema de Konstantinos Kaváfis. Lendo o grande poeta grego de Alexandria, me senti desafiado: por que não me aproximar do universo através do buraco da fechadura? Por que não escrever o tempo passado contando a história grande a partir da história pequena? A vitória de Marco Antônio na Grécia, no poema de Kaváfis, está contada do ponto de vista de um pobre mercador que tenta vender alguma coisa, montado num burrinho, e ninguém escuta.

Nas minhas andanças de contador de contos, estava eu uma noite lendo meus relatos na cidade galega de Ourense.

Um senhor olhava para mim, cenho franzido, olhos sem pestanejar, lá da última fila: cara de camponês curtido pelos trabalhos e pelos dias, zangado até na hora de beijar.

Quando a leitura terminou, ele veio vindo, a passo lento, olhando fixo, como quem vinha para me matar. Mas não me matou.

Disse para mim:

– *Como deve ser difícil escrever tão simples.*

E depois dessa frase, a mais sábia crítica literária que recebi em toda a minha vida, virou de costas e foi-se embora sem se despedir.

Escrevi *Espelhos* a partir de um sonho.

Normalmente, meus sonhos são de uma mediocridade inconfessável. Voos perdidos, trâmites burocráticos, cidades que não conheço, quedas do décimo andar...

Minha mulher, Helena, tem sonhos prodigiosos e que para mim são humilhantes. A hora do café da manhã é muito penosa porque ela me conta seus sonhos, que contrastam com os meus, onde tristemente entro em guerra com um funcionário porque não entendo o que ele diz, ou perco um voo.

E ela comenta:

– *Ah, sim, você perdeu o voo... Eu ontem tive um sonho de aeroporto. Sonhei que nós dois estávamos numa fila longa, muito longa. E cada passageiro levava um travesseiro debaixo do braço. E os travesseiros passavam pela máquina que lia os sonhos da noite anterior, ou seja, cada travesseiro continha os sonhos, e a máquina era uma investigadora de sonhos perigosos.*

E, modesta, me diz:

– *Eu acho que alguma coisa tem a ver com a insegurança pública.*

Bebo um pouco de café com leite, me exilo no banheiro por uma meia hora, trato de voltar à vida com a cabeça erguida, mas é difícil.

No entanto, certa vez tive um sonho bastante bom, que acabou dando lugar a *Espelhos*. Eu entrava num táxi, no sonho, e dizia ao motorista:

– *Por favor, vamos até a Revolução Francesa. Vamos até onde está Olímpia de Gouges a caminho da guilhotina.*

E o motorista ia. Eu queria ver Olímpia no momento em que ela subia até o cadafalso e dizia uma frase muito linda que eu queria escutar, queria ver. Ver como ela dizia:

– *Se nós, mulheres, podemos subir ao patíbulo, por que não podemos subir às tribunas?*

Voltando ao sonho, lá ia eu, com o taxista, e dizia a ele:

– *Agora, vamos até o Brasil, até Congonhas do Campo. Quero ver o Aleijadinho esculpindo os seus profetas.*

E lá ia eu. Aliás, vale dizer que, vejam só, que belo paradoxo: o Aleijadinho, o homem mais feio do Brasil, criou a maior formosura, a arte colonial americana. O homem mais feio criou a mais alta beleza.

E então eu queria conhecer aquilo tudo, e ver tudo, assim, ali, estar diante daquilo tudo. E o motorista cumpria minhas instruções, e no sonho eu ia pelos caminhos do mundo, sem fronteira alguma, nem a dos mapas nem a dos tempos. E foi daí que esse livro brotou: porque já que eu tinha sonhado esse livro, bem que podia escrever esse livro...

Em outra dessas noites de contador de contos, li alguns relatos para os estudantes mexicanos na universidade.

Um dos contos, do meu livro *Bocas do tempo*, contava que o poeta espanhol Federico García Lorca tinha sido fuzilado e proibido durante a longa ditadura de Francisco

Franco, e que um grupo de teatreiros do Uruguai cometeu a bela irresponsabilidade de estrear uma obra dele num teatro de Madri, após muitos anos de obrigatório silêncio. E que, quando a obra terminou, o público espanhol não tinha aplaudido, ou melhor: tinha aplaudido com os pés, batendo forte no chão, e os atores uruguaios tinham ficado estupefatos. Não entendiam nada.

A apresentação havia sido tão ruim? Mereciam aquele protesto?

Muito tempo depois, em Montevidéu, quando China Zorrilla, que tinha feito parte daquele grupo de irresponsáveis, me contou essa história, achei, imaginei, que não podia ser verdade. Mas em seguida pensei: talvez aquele trovão sobre a terra tenha sido destinado ao autor, fuzilado por ser comuna, por ser marica, por ser esquisito. Talvez tenha sido uma forma de dizer a ele:

– *Para que você saiba, Federico, que está vivo, muito vivo.*

E quanto contei essa história, na Universidade do México, aconteceu comigo o que nunca antes havia acontecido nas outras ocasiões em que tinha contado essa história, em várias cidades da Espanha andaluza e em muitos outros lugares: os estudantes aplaudiram com os pés, seis mil pés batendo no chão com alma e vida. E assim continuaram meu relato e continuaram o que o meu relato contava, como se aquilo estivesse acontecendo num teatro de Madri, uns tantos anos antes. O mesmo trovão sobre a terra, o mesmo jeito de dizer:

– *Para que você saiba, Federico, que está vivo, muito vivo.*

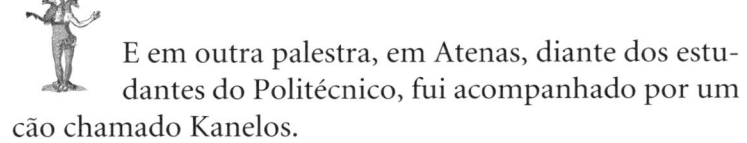

E em outra palestra, em Atenas, diante dos estudantes do Politécnico, fui acompanhado por um cão chamado Kanelos.

Ele se enroscou nele mesmo, aos meus pés, no palco. Eu não conhecia o bicho, mas ele teve a paciência de me escutar, a cabeça erguida, do começo ao fim. Kanelos era um cachorro da raça cachorro, respondão, resmungão, que nunca faltava a nenhuma das manifestações estudantis, sempre à cabeça de todos, desafiando a polícia.

Sete anos mais tarde, em 2010, explodiu a fúria grega. Os estudantes encabeçaram o protesto contra os exterminadores de países, que estavam obrigando a Grécia a purgar os pecados de Wall Street, e à cabeça da gritaria popular, visível entre os gases e os fogos, havia um cão. Eu o reconheci nas fotos. Era Kanelos. Mas meus amigos gregos disseram que Kanelos tinha morrido fazia um ano e meio.

E eu expliquei a eles que estavam enganados. Aquele cão protestador, protestão, aquele maluco inapresentável, era Kanelos. Agora se chamava Lukanikos, para enganar o inimigo.

Alguns anos antes de que Salvador Allende fosse presidente do Chile, tive a sorte de acompanhá-lo numa viagem ao sul.

Eu nunca tinha visto a neve. Aquela foi a minha primeira vez. Bebemos um bom vinho, golinho a golinho, brindamos enquanto a neve caía suavemente, em lentos flocos de algodão, do lado de lá da janela.

Naquela noite, em Punta Arenas, Allende me deu para ler o discurso que ia fazer no comício de campanha.

No dia seguinte, entre os clamores da multidão, chamou a minha atenção uma frase que não aparecia na versão que eu tinha lido.
Talvez tenha sido uma involuntária profecia.
Vai saber.
Allende disse:
– *Vale a pena morrer por tudo aquilo que, sem existir, não vale a pena viver.*

Faz já lá se vão uns tantos anos, no semanário *Marcha*, muito aprendi de Carlos Quijano. Jamais esquecerei aquela tarde em que estávamos ouvindo os discursos que os políticos, em plena campanha eleitoral, faziam pelo rádio.
Muito prometiam, pouco diziam, em quase nada acreditavam.
Dom Carlos escutava e calava. Até que murmurou:
– *O único pecado que não tem perdão é o que peca contra a esperança.*

Os filhos dos dias é um livro que tem a forma de um calendário. Uma história brota de cada uma das suas páginas. Ou dito de outra maneira: cada um dos dias tem uma história para contar.
Sonia Breccia leu o livro procurando seu verdadeiro aniversário: não o dia em que tinha nascido, mas o dia em que escolhia nascer.
Desde então, Sonia celebra cada 13 de maio, embora não seja o dia que aparece nos deus documentos.

Escolheu esse dia porque gostou da história que esse dia conta.

E esse dia conta o que faz anos me ensinou um velho sábio, lá na selva onde nasceu o rio Orinoco:

Para que veja os mundos do mundo, mude os seus olhos.
Para que os pássaros escutem o seu canto, mude a sua garganta.

Em *Os filhos dos dias*, contei a história de um africano excepcional, o rei de Daomé, Agaja Trudo, que se negou a vender escravos e se alçou em guerra contra os traficantes de carne humana.

Pouco depois da publicação do livro, recebi uma carta de Carlos Feo: ele tinha visitado o museu do palácio real na capital de Daomé, e não havia ali rastro algum daquele rei. Agaja Trudo havia sido apagado da história, porque tinha pecado contra o negócio mais suculento das potências europeias do seu tempo.

E também me contou que a pior inimiga daquele rei rebelde tinha sido a mulher do seu pai, que cobiçava o trono e era a mais fervorosa defensora do direito de vender gente. E quando Agaja Trudo proibiu a escravidão, fez uma única exceção: vendeu a mulher, aquela.

Entre muitas outras histórias reunidas em *As palavras andantes*, há uma que conta as aventuras de um menino e sua sombra.

O relato termina dizendo:

E agora, depois dos anos, quando o menino deixou a infância muito para trás, sente pena de morrer e deixar sua sombra sozinha.

Uma leitora, Daidie Donnelle, me escreveu dizendo que não me preocupasse: a sombra não ia ficar sozinha, porque a sombra da sombra a estaria acompanhando.

No último volume de *Memória do fogo*, contei a história de uma menina de cinco anos, filha de um preso político uruguaio, que se chamava Milay em homenagem a uma aldeia vietnamita apagada do mapa pela invasão militar norte-americana.

A partir daí, recebi várias cartas de pais de meninas recém-nascidas, que queriam chamar de Milay e não conseguiam porque a burocracia impedia. Da cidade de Rosario, na Argentina, Nélida Gómez me contou suas desventuras:

– *Minha filha continua indocumentada* – dizia ela numa carta de março de 1999.

Aquele nome esquisito não aparecia no santoral nem formava parte da tradição documentada no Registro Nacional de Nomes. Milay não tinha o direito de se chamar Milay.

No ano de 2012, eu estava autografando livros na Casa del Libro de Barcelona.
– *Para quem?*
Eu ouvia o nome, e dedicava.

Às vezes punha mais alguma coisa, um desenhinho, um comentário, alguma coisa que me ajudasse a sentir que eu não era o robô repetindo sempre a mesma assinatura com mão ortopédica.

E assim foi, de livro em livro.
Até que perguntei a um garoto, que estava fazia um bom tempo na fila:
— *Para quem?*
E recebi uma resposta inesperada:
— *Para o rio Paraná.*
Eu nunca tinha dedicado um livro a um rio.
Foi o primeiro.

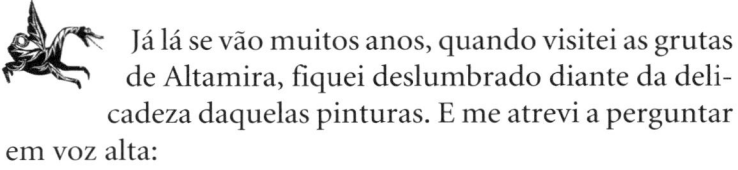

Já lá se vão muitos anos, quando visitei as grutas de Altamira, fiquei deslumbrado diante da delicadeza daquelas pinturas. E me atrevi a perguntar em voz alta:
— *Essas maravilhas não terão sido obra delas, e não deles?*
A pergunta nascia do meu assombro, e nada mais, só que quando a incluí em algum dos meus livros não faltou quem me acusasse de demagogia feminista.
Os anos continuaram passando, e em 2013 um professor norte-americano, Dean Snow, terminou uns tantos anos de pesquisas em várias covas pré-históricas:
— *Cheguei à conclusão de que a maioria dessas pinturas foi feita por mulheres, e não por homens.*
E fundamentou o que afirmava.
Minha pergunta havia surgido da pura imaginação. Agora tinha encontrado quem a acompanhasse.

Prontuário

Autobiografia completíssima

Nasci no dia 3 de setembro de 1940, quando Hitler devorava meia Europa e o mundo não esperava nada de bom.

Desde que eu era muito pequeno, tive uma grande facilidade para cometer erros. De tanto dar mancada, acabei demonstrando que ia deixar profunda marca da minha passagem pelo mundo.

Com a sadia intenção de marcar ainda mais fundo, virei escritor, ou tentei virar.

Meus trabalhos de maior êxito são três artigos que circulam com meu nome pela internet. As pessoas me param na rua, para me cumprimentar, e cada vez que isso acontece me lanço a desfolhar a margarida:

– *Me mato, não me mato, me mato...*

Nenhum desses artigos foi escrito por mim.

Brevíssimos sinais do autor

Eu bem que poderia ser o campeão mundial dos distraídos, se o campeonato existisse: com frequência erro o dia, a hora e o lugar, custo a diferenciar o dia da noite, e falto a encontros porque fico dormindo.

Meu nascimento confirmou que Deus não é infalível; mas, apesar disso, nem sempre me engano na hora de escolher as pessoas de quem gosto e as ideias nas quais acredito.

Detesto os choramingões, odeio os que vivem se queixando, admiro os que sabem aguentar, calados, os golpes dos tempos ruins, e por sorte nunca falta algum amigo que me diz que continue escrevendo, que os anos ajudam e que a calvície ocorre por pensar demais e é uma doença profissional.

Escrever cansa, mas consola.

Por que escrevo/1

Quero contar a vocês todos uma história que, para mim, foi muito importante: meu primeiro desafio no ofício de escrever. A primeira vez em que me senti desafiado por esta tarefa.

Aconteceu no povoado boliviano de Llallagua. Eu passei um tempinho lá, na zona mineira. No ano anterior, e lá mesmo, tinha acontecido a matança de San Juan, quando o ditador Barrientos fuzilou os mineiros que estavam celebrando a noite de San Juan, bebendo, dançando. E o ditador, lá dos morros que rodeiam o povoado, mandou metralhar todos eles.

Foi uma matança atroz e eu cheguei mais ou menos um ano depois, em 68, e fiquei por lá um tempinho graças às minhas habilidades de desenhista. Porque, entre outras coisas, eu sempre quis desenhar, mas nunca ficava bom o suficiente para que sentisse o espaço aberto entre o mundo e eu.

O espaço entre o que eu conseguia e o que eu queria era demasiado abismal, mas eu me dava mais ou menos bem com algumas outras coisas, como, por exemplo, desenhar retratos. E lá, em Llallagua, retratei todas as crianças dos mineiros, e fiz os cartazes de carnaval, dos atos públicos, de tudo. Era de boa caligrafia, e então me adotaram, e na verdade passei muito bem, naquele mundo gelado e miserável, com uma pobreza multiplicada pelo frio.

E chegou a noite da despedida. Os mineiros eram meus amigos, e por isso armaram uma despedida com muita bebida. Bebemos muita chicha e singani, uma espécie de grapa boliviana muito boa mas um pouco terrível; e lá estávamos nós, celebrando, cantando, contando piadas, cada uma pior que a outra, e eu sabia que às cinco ou seis da manhã, não lembro direito, soaria a sirene que chamaria todos eles para o trabalho na mina, e então tudo acabaria, seria a hora de dizer adeus.

Quando o momento estava chegando, eles me rodearam, como se me acusassem de alguma coisa. Mas não era para me acusar de nada, era para me pedir que dissesse a eles como era o mar.

Disseram:

– *Agora, conta pra gente como é o mar.*

E eu fiquei meio atônito porque não me vinha nenhuma ideia. Os mineiros eram homens condenados à morte antecipada nas tripas da terra por causa do pó de sílica. Nas covas e grutas, a média de vida, naquele tempo, era de trinta, trinta e cinco anos, e não passava disso. Eu sabia que eles jamais veriam o mar, que iam morrer muito antes de qualquer possibilidade de ver o mar, porque além do mais estavam condenados pela miséria a não sair daquele humildíssimo povoado de Llallagua. Então eu tinha a responsabilidade de levar o mar para eles, de encontrar palavras que fossem capazes de molhar todos eles. E esse foi meu primeiro desafio de escritor, a partir da certeza de que escrever serve para alguma coisa.

Anjinho de Deus

Eu também fui menino, um "anjinho de Deus".
Na escola, a professora nos ensinou que Balboa, o conquistador espanhol, tinha visto, do alto de um morro muito alto no Panamá, de um lado o oceano Pacífico, e do outro, o oceano Atlântico. Ele tinha sido, disse a professora, o primeiro homem que havia visto esses dois mares ao mesmo tempo.
Eu levantei a mão:
– *Professora, professora...*
E perguntei:
– *Os índios eram cegos?*
Foi a primeira expulsão na minha vida.

Por que escrevo/2

Se não me engano, foi Jean-Paul Sartre quem disse:
Escrever é uma paixão inútil.

A gente escreve sem saber muito bem por que ou para que, mas supõe-se que escrever tem a ver com as coisas nas quais a gente acredita da maneira mais profunda, tem a ver com os temas que nos desvelam.

Escrevemos tendo por base algumas certezas, que tampouco são certezas *full time*. Eu, por exemplo, sou otimista segundo a hora do dia.

Normalmente, até o meio-dia sou bastante otimista. Depois, do meio-dia até as quatro, minha alma despenca para o chão. Lá pelo entardecer ela se acomoda de novo no seu devido lugar, e de noite cai e se levanta, várias vezes, até a manhã seguinte, e por aí vamos...

Eu desconfio muito dos otimistas *full time*. Acho que eles são um resultado dos erros dos deuses.

Segundo os deuses maias, todos nós fomos feitos de milho, e por isso temos tantas cores diferentes, tantas como tem o milho. No Brasil, talvez nem tantas, mas no resto da América, sim: milho branco, amarelo, avermelhado, marrom, e por aí vamos. Muitas cores. Mas antes, houve algumas tentativas muito desleixadas, que deram bem errado. Uma delas teve como resultado o homem e a mulher feitos de madeira.

Os deuses andavam chateados e não tinham com quem conversar, porque aqueles humanos eram iguais a nós mas não tinham o que dizer nem como dizer se tivessem o que dizer, porque não respiravam. Não abriam a boca. E se não respiravam nem abriam a boca, não tinham alento. E eu sempre pensei que, se não tinham alento, também não tinham desalento. Portanto, não é tão desastroso que a alma da gente despenque para o chão, porque é só uma prova a mais de que somos humanos, humaninhos e nada mais.

E como humaninho, puxado pelo alento ou pelo desalento, conforme as horas do dia, continuo escrevendo, praticando essa paixão inútil.

Silêncio, por favor

Muito aprendi de Juan Carlos Onetti, o narrador uruguaio, quando eu estava me iniciando no ofício.
Ele me ensinava olhando o teto, fumando. E me ensinava com silêncios ou mentiras, porque desfrutava dando prestígio às suas palavras, as poucas que dizia, atribuindo-as a antigas civilizações.
Numa daquelas noites caladas, cigarros e vinho de cirrose instantânea, o mestre estava, como sempre, deitado, e eu sentado ao lado, e o tempo passava sem dar a menor importância a nós dois.
E assim estávamos quando Onetti me disse que um provérbio chinês dizia:
— *As únicas palavras que merecem existir são as palavras melhores que o silêncio.*
Desconfio que o provérbio não era chinês, mas nunca esqueci.
E tampouco esqueci o que me contou uma neta de Gandhi, que anos depois andou de visita em Montevidéu.
Nós nos encontramos no meu café, El Brasilero, e ali, evocando a sua infância, me contou que o avô tinha ensinado a ela o jejum de palavras: um dia da semana, Gandhi não escutava nem dizia. Nada de nada.
No dia seguinte, as palavras soavam de outra maneira.
O silêncio, que calando diz, ensina a dizer.

O ofício de escrever

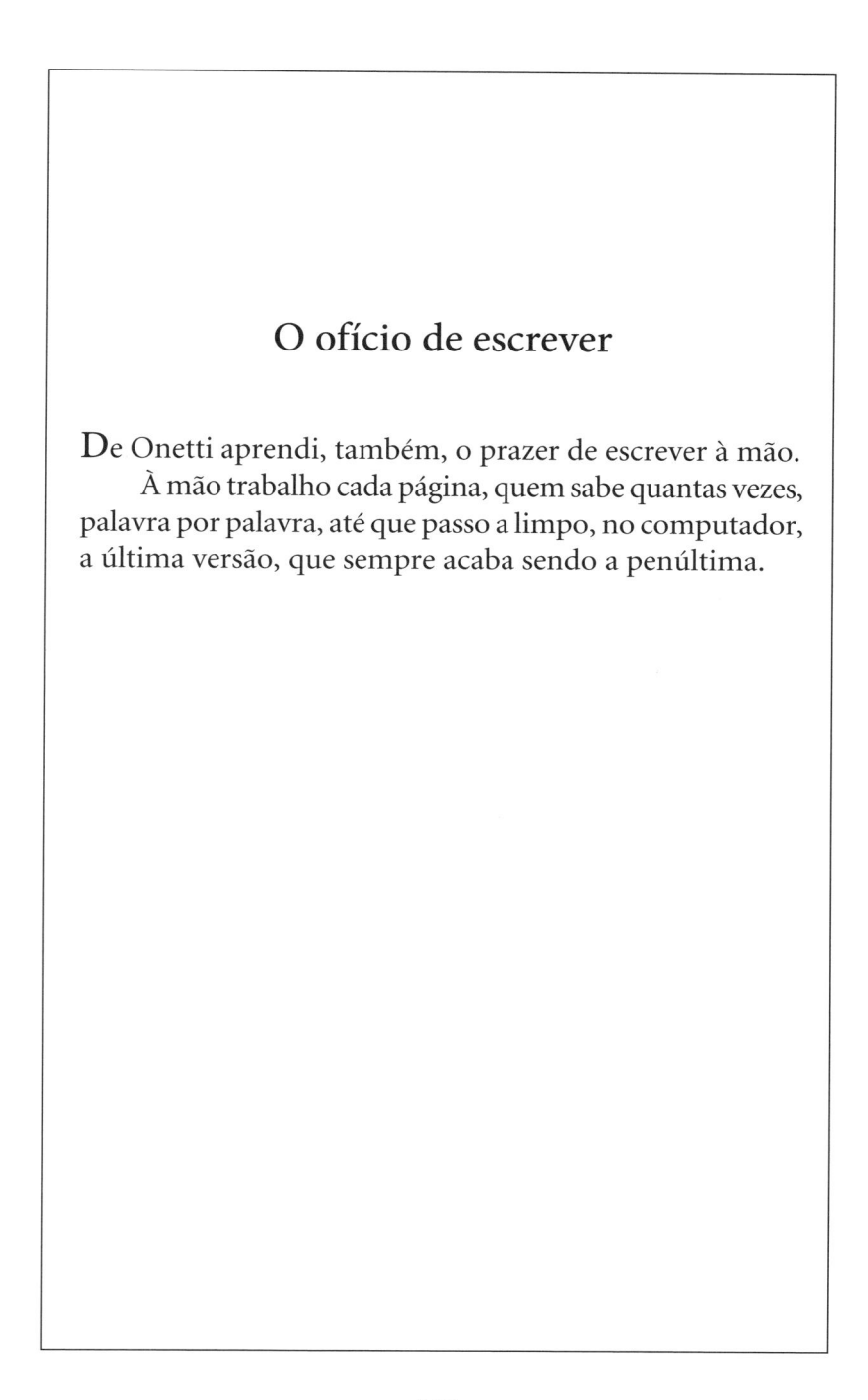

De Onetti aprendi, também, o prazer de escrever à mão. À mão trabalho cada página, quem sabe quantas vezes, palavra por palavra, até que passo a limpo, no computador, a última versão, que sempre acaba sendo a penúltima.

Por que escrevo/3

Para começar, uma confissão: desde que era bebê, eu quis ser jogador de futebol. E fui o melhor dos melhores, o número um, mas só em sonhos, enquanto dormia.
    Ao despertar, nem bem caminhava um par de passos e chutava alguma pedrinha na calçada, já confirmava que o meu negócio não era o futebol. Estava na cara; eu não tinha outro remédio a não ser tentar algum outro ofício. Tentei vários, sem sorte, até que finalmente comecei a escrever, para ver se saía alguma coisa.
    Tentei, e continuo tentando, aprender a voar na escuridão, como os morcegos, nestes tempos sombrios.
    Tentei, e continuo tentando, assumir minha incapacidade de ser neutro e minha incapacidade de ser objetivo, talvez porque me nego a me transformar em objeto, indiferente às paixões humanas.
    Tentei, e continuo tentando, descobrir as mulheres e os homens animados pela vontade de justiça e pela vontade de beleza, além das fronteiras dos tempos e dos mapas, porque eles são meus compatriotas e meus contemporâneos, tenham nascido onde tenham nascido e tenham vivido quando tenham vivido.

Tentei, e continuo tentando, ser tão teimoso para continuar acreditando, apesar de todos os pesares, que nós, os humaninhos, somos bastante malfeitos, mas não estamos terminados. E continuo acreditando, também, que o arco-íris humano tem mais cores e mais fulgores que o arco-íris celeste, mas estamos cegos, ou melhor, enceguecidos, por uma longa tradição mutiladora.

E em definitivo, resumindo, diria que escrevo tentando que sejamos mais fortes que o medo do erro ou do castigo, na hora de escolher no eterno combate entre os indignos e os indignados.

Quis, quero, quisera

Viver por curiosidade

A palavra *entusiasmo* vem da antiga Grécia, e significava: *ter os deuses dentro*.

Quando alguma cigana se aproxima e pega minha mão para ler meu destino, eu pago o dobro para que me deixe em paz: não conheço meu destino, nem quero conhecer.

Vivo, e sobrevivo, por curiosidade.

Simples assim. Não sei, nem quero saber, qual o futuro que me espera. O melhor do meu futuro é que não o conheço.

Última porta

Desde que se deitou pela última vez, Guma Muñoz não quis mais se levantar.
    Nem mesmo abria os olhos.
    Num de seus raros despertares, Guma reconheceu a filha, que apertava a sua mão para dar serenidade ao seu sono.
    Então falou, ou melhor, murmurou:
    – *Que esquisito, não é? A morte me dava medo. Não dá mais. Agora, me dá curiosidade. Como será?*
    E perguntando como será, se deixou ir, morte adentro.

Pesadelos

A montanha contou a um amigo, que contou para mim.
Ele estava subindo, vindo sabe-se lá de quanto querer e não conseguir, e continuava caminhando costa acima, dá-lhe que dá-lhe, e a cada passo a encosta subia mais e mais e as pernas podiam menos e menos.

– *É proibido afrouxar* – dizia ele, dando ordens a si mesmo tão baixinho que parecia calado; mas continuava e continuava. Quanto mais se achegava ao topo, mais medo sentia daquele depois que chamava por ele lá das funduras das lonjuras.

E finalmente se deixou cair, se deixou ir.

O despenhadeiro, montanha abaixo, não terminava nunca.

Para trás ficava o mundo, seu mundo, sua gente, e embora fosse coisa do destino ele não podia deixar de se insultar, *cagão, covarde*. E já estava culminando a viagem final quando suas mãos, destroçadas pelas pedras e os espinhos, perderam apoio e o levaram: o levaram para o nunca, sem dizer adeus.

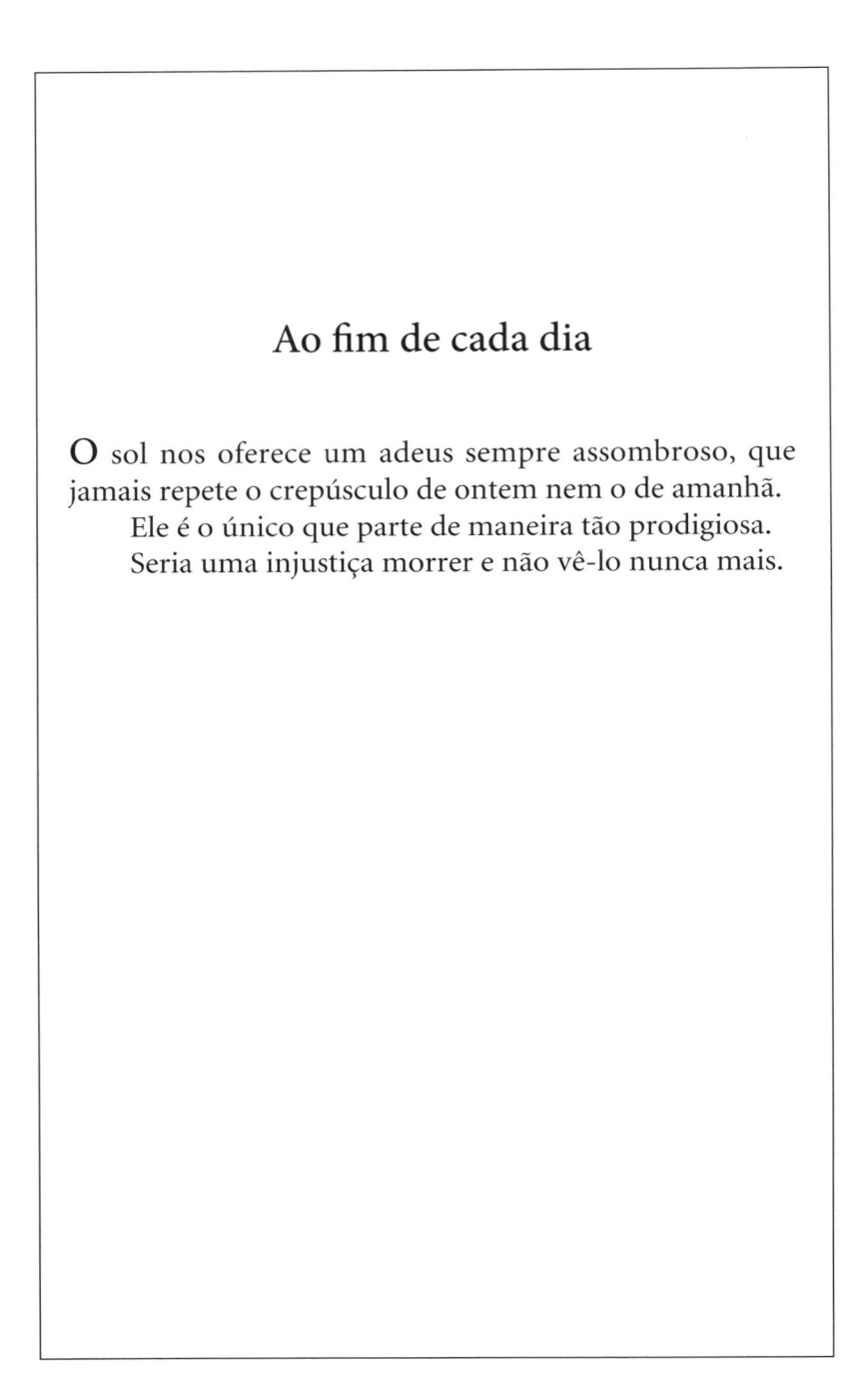

Ao fim de cada dia

O sol nos oferece um adeus sempre assombroso, que jamais repete o crepúsculo de ontem nem o de amanhã. Ele é o único que parte de maneira tão prodigiosa. Seria uma injustiça morrer e não vê-lo nunca mais.

Ao fim de cada noite

Um deus maia recebe o sol nascente.
 Carregando esse sol nas costas, leva até a sua casa, na selva Lacandona, e dá de comer feijão, tortilhas, sardinhas e sementes de abóbora, e serve café.
 E na hora do adeus, o deus devolve o sol ao horizonte, que é a rede onde o sol se deita para dormir.

Viver, morrer

*E*stou mandando esta foto minha para minha filha, que está muito longe. Quero que ela venha me ver, e quando chegue a mim, quero em seu diante morrer.
   Eu já estou velho e doente. Eu já caminho pelo vento.

(Recolhido por David Acebey
de um indígena guarani na Bolívia)

Quis, quero, quisera

Que em beleza caminhe.
Que haja beleza diante de mim
e beleza atrás
e abaixo
e acima
e que tudo ao meu redor seja beleza
ao longo de um caminho de beleza
que em beleza termine.

(Do "Canto da noite", do povo navajo)

¡OINK!

Índice de nomes

A

Academia Brasileira de Letras: 57
Academia de Guerra do Exército chileno: 76
Acebey, David: 254
Acton, William: 177
Adão: 181
África: 46, 56, 86, 100
Afrodite: 196
Agaja Trudo: 229
Aglaonike: 183
Alday, Manuel de: 148
Aleijadinho, o: 225
Alexandria: 223
Alemanha: 83, 146
Alicante: 190
Allende, Salvador: 227, 228
Allen, Jay: 79
Amazônia: 33, 51
América: 23, 24, 25, 26, 32, 46, 148
Américas: 35, 54, 56, 134, 173
Amorín, Alejandro: 216
Andes: 64
Antioquia: 199
Antonio, Enrique: 169
Aral, mar de: 105
Argentina: 230
Armstrong, Louis: 58, 73
Artigas, José: 54, 55
As mil e uma noites: 14
As palavras andantes: 229
As veias abertas da América Latina: 217, 218
Assassinato no Expresso Oriente: 132
Assíria: 137
Associação de Defuntos da Índia: 163
Astorga, Enrique: 50
Assunção do Paraguai: 80
Atahualpa, Juan Santos: 43
Atenas: 227
Aventura em Bagdá: 132
Atlântico, oceano: 239
Azamgarh: 163
Azurduy, Juana: 42

B

Babilônia: 137
Bagdá: 213
Bahía Blanca: 50
Bakhasbab, Abubaker: 96
Balboa: 239
Báltico: 61
Banco Mundial: 65
Banco Riggs: 76
Bangladesh: 81
Barassi, Ottorino: 143
Barcelona: 57, 69, 230
Barquisimeto: 125
Barrientos, Pepe: 117
Barrientos, René: 237
Basílica de Guadalupe: 95
Benário, Olga: 57
Benavente, Toribio de: 28
Benetton: 81
Benítez, Fernando: 49, 167
Berek, Diana: 221
Betanzos, Juan de: 23
Betis: 164
Bíblia: 74, 83, 116, 128, 149, 24

Bieber, Rafael: 101
Bihari, Lal: 163
Bocas do tempo: 215, 216, 225
Bogotá: 215
Bolívia: 42, 89, 254
Bonaparte, Napoleão: 76
Bonavita, Carlos: 211
Boston: 128
Bouton, Roberto: 192
Brahma: 19
Brasil: 145, 146, 151, 171, 225
Breccia, Sonia: 228
Bryant, Brandon: 139
Bry, Theodor de: 26
Buceo, bairro de: 117
Budapeste: 57
Buenos Aires: 27, 44, 57, 78, 90, 170, 220, 223

C
Cádiz: 121, 122
Café A Brasileira: 57
Café Central: 57
Café Colombo: 57
Café de la Paix: 58
Café du Croissant: 58
Café El Brasilero: 242
Café El Cairo: 57
Café Els Quatre Gats: 57
Café New York: 57
Café Paraventi: 57
Café Riche: 58
Café Tortoni: 57
Cairo: 57, 58
Cayman, ilhas: 108
Calella de la Costa: 193
Califórnia: 37
Câmara Municipal de Lisboa: 179
Campos, Léa: 134
Cântico dos Cânticos: 149
Cantero, James: 218, 219
Canuto: 192
Capital, O: 217

Capone, Al: 91
Caracas: 195
Cárdenas, Juan de: 30
Caribe, mar: 216
Cartwright, Samuel: 130
Casa Branca: 116
Casablanca, Emilio: 161
Casa das Américas: 217
Casa del Libro: 230
Casa do Povo: 50
Catalina: 196, 220
Caupolicán: 53, 92
Ceará: 171
Ceaucescu, Nicolae: 65
César, C. Júlio: 123
Chalatenango: 219
Charenton: 157
Chávez, Hugo: 187
Chiapas: 49, 154
Chicago: 58, 221
Chicheface: 182
Chile: 53, 76, 92, 148, 184, 227
China: 17
Christie, Agatha: 132
Cihualtepec: 167
Cidade Velha de Montevidéu: 161
Cobo, Bernabé: 23
Cochabamba, vale de: 31
Cocteau, Jean: 222
Colángelo, Mirta: 216
Cole, Nat King: 73
Colômbia: 215
Comentários sobre a Guerra Gálica: 123
Condorcanqui, José Gabriel: 43
Congo, o: 70
Congonhas do Campo: 225
Cooper, James Fenimore: 53
Copa Mundial de Futebol: 143
Corinthians: 142
Corrientes: 119
Costa, Dalmiro: 136
Courçon, Robert de: 178

Covas de Altamira: 231
Cristo: 82, 156, 159, 183
Crocodilo de Sanare, O: 125
Cruz González, Andrés de la: 154
Cruz, Rogelia: 188
Cuba: 35
Cuitiño, Ciriaco: 170

D
Daomé: 229
Danúbio: 57
Darwin, Charles: 185
Davis Junior, Sammy: 73
De Campos Melo, Nina: 88
Devanni, Omar: 215, 216
Diabo: 23, 184, 199
Dia dos Mortos: 166, 168
Dias e noites de amor e de guerra: 217
Deus: 70, 74, 84, 85, 106, 116, 145, 172, 175, 181, 199, 212, 236, 239
Direção de Inteligência da Polícia da Província de Buenos Aires: 90
Dolores: 166
Donnelle, Daidie: 230
Dom Quixote de la Mancha: 152
Dotti, o Pistola: 161

E
Equador: 85, 94
Éden: 211
Egito: 57, 70, 82
Einstein, Albert: 158
Encontro com a morte: 132
El Salvador: 218
Esopo: 70, 71
Espanha: 79, 103, 107, 219, 226
Espelhos: 212, 219, 220, 224, 225
Estados Unidos: 53, 73, 91, 221
Estocolmo: 133, 194
Etiópia: 56

Europa: 26, 30, 67, 70, 103, 134, 137, 148, 235
Eva: 181
Evangelho: 31
Êxodo: 74

F
Falcioni, José: 50
Fals Borda, Orlando: 120
Felice, Jacoba: 183
Felipe: 196
Feo, Carlos: 229
Ferreira, José María: 120
Feuillée, Louis: 27
FIFA: 143
Firmin, Joseph: 72
Fitzgerald, Ella: 73
Fundo Monetário Internacional: 65, 113
Fontanarrosa, Roberto: 57
Franco, Francisco: 77, 79, 219
Frankenstein: 108
Fray Bentos: 96
Futebol ao sol e à sombra: 214

G
Gandhi, Mahatma: 106, 242
Ganga: 104
Ganges: 104
Gap: 81
Garay, Juan de: 44
Garbo, Greta: 133
García Lorca, Federico: 225, 226
Gauchito Gil: 119
Ghiggia: 145
Gibraltar, estreito de: 22
Gijón: 87
Genebra: 222
Gioconda, la: 131
Glasgow: 66
Goebbels, Joseph: 146
Goldman, Bob: 147
Gómez, Nélida: 230

Goodman, Benny: 58
Gouges, Olímpia de: 225
Gran Chaco: 67
Grécia: 183, 223, 227, 249
Guacurarí, Andresito: 54
Guadalupe, ilha: 70
Guagnini, Galulú: 195
Guagnini, Rodolfo: 195
Guatemala: 52, 188
Guaiaquil: 85
Guayas, rio: 85
Gutiérrez, Ladislao: 222

H
Hagenbeck, Karl: 67
Hefesto: 75
Hera: 75
História do Novo Mundo: 23
Hitler, Adolf: 61, 235
H&M: 81
Hollywood: 16, 53, 96
Hotel Argentino: 118
Huerte, Antonio de la: 32

I
Idade Média: 182
Igreja: 49, 70, 135, 178, 199
Índia: 104, 106, 127, 144, 163, 201
Inferno: 97, 98, 116, 184
Inglaterra: 39, 143, 174
Imaculada Conceição: 172
Iraque: 137
Iucatã, península de: 28, 160

J
Jacaré: 176
Jaurès, Jean: 58
JCPenney: 81
Jerusalém: 116
Jesus: 56, 111, 156, 199
Jorge: 40, 133, 202

Juana: 42, 135, 167
Juana, papisa: 135

K
Kali: 144, 201
Kaminsky, Adolfo: 162
Kanelos: 227
Kashi: 127
Kaváfis, Konstantinos: 223
Kerala: 127
Kissinger, Henry: 146

L
Lacandona: 253
La Matanza: 44
Landa, Matilde: 219, 220
Lange, Ernesto: 87
La Paz: 89
Larousse: 72
Las Casas, Bartolomé de: 49
Las Vegas: 73
Lautaro: 92
Lênin: 57
Leningrado: 61
León, Luis de: 149
León Pinelo, Antonio de: 211
Lieja: 26
Lilith: 181
Lisboa: 57, 179
Llallagua: 237, 238
Londres: 66, 143
Los Angeles: 217
Louis, Joe: 73
Lun, Cai: 38
Lutero: 83

M
Machado de Assis, Joaquim: 57
Madri: 211, 226
Magdalena, rio: 120
Majfud: 202
Mali: 155
Maní de Iucatã: 160

Manna, Sailen: 144
Manresa, Joaquín: 190
Manzaneda, Simona: 89
Maracanã: 145
Marcha: 228
Marco Antonio: 223
Mariani, Clara Anahí: 90
Marrocos: 138
Marta: 202
Marta, escrava: 129
Marte: 112
Martín: 216
Martínez, Fortunato: 169
Martínez, Juan: 121
Martínez Montañés, Juan: 159
Martínez, Rolendio: 214
Martínez, Sixto: 164
Marx, Karl: 217
Matança de San Juan: 237
McCay, Winsor: 112
Mémoire du feu: 222
Memória do fogo: 222, 223, 230
Mendieta: 57
Mérida: 169
Mestas, Remigio: 153
México: 30, 40, 95, 139, 166, 167, 214, 217, 226
Millonarios: 215
Milton, John: 128
Moatize: 97
Mohun Bagan: 144
Molnár, Ferenc: 57
Monteiro Lobato: 151
Montevidéu: 59, 129, 136, 145, 161, 176, 193, 211, 213, 221, 226, 242
Moore, Charles: 107
Moçambique: 97
Morte na Mesopotâmia: 132
Morte no Nilo: 132
Mühlhausen: 83
Muñoz, Guma: 250

Müntzer, Thomas: 83
Museu do Louvre: 131
Museu Nacional de Bagdá: 137
Mussolini, Benito: 146
Mysore: 127

N

Nações Unidas: 138
Naranjo, Javier: 199
Nemo: 112
Ness, lago: 66
Newton, John: 56
New York Herald, The: 112
Nínive: 137
Nixon, Richard: 65
Noite de São João: 237
Nolo: 202
Nubia: 70
Novo México: 139
Novo Mundo: 23, 26

O

Oaxaca: 153, 156
Obdulio: 145
O'Gorman, Camila: 222
O livro dos abraços: 221
Olimpo: 75
Onetti, Juan Carlos: 242, 243
Organização Internacional do Trabalho: 156
Orinoco, rio: 229
Oruro: 126
Ourense: 223
O último dos moicanos: 53
Os filhos dos dias: 228, 229

P

Pacífico, oceano: 107, 239
Padrón, Justo Jorge: 133
Pafnucio: 167
Palermo: 71
Panamá: 239
Papai Noel: 197

Paraguai: 80, 119
Paraíso: 84, 97
Paraná, rio: 231
Paris: 58, 72, 157, 162, 183
Parque Rodó: 221
Partido Socialista: 161
Pasteur, Louis: 157
Pavese, Cesare: 189
Pelé: 146
Pereyra, Inelte: 118
Pereyra, Inodoro: 57
Pérez, Jorge: 216
Perrot, Marie-Dominique: 222
Peru: 23, 39, 63
Pessoa, Fernando: 57
Picasso, Pablo: 57
Pickles: 143
Pinochet, Augusto: 76
Pío IX, papa: 172
Piriápolis: 118, 205
Pizarro: 23
Plano Condor: 218
Platte, rio: 20
Praça de Maio: 44
Poirot, Hercule: 132
Porto: 190
Pradesh, Uttar: 163
Prestes, Luiz Carlos: 57
Puerto Ingeniero White: 50
Puerto Rosales: 216
Punta Arenas: 227

Q
Quijano, Carlos: 228
Quintana, Víctor: 214, 215
Quito: 94

R
Rama: 201
Raval, bairro do: 69
Reagan, Ronald: 65
Rede pela Defesa do Milho: 62
Registro Nacional de Nomes: 230
Revolução Francesa: 225
Ribeiro, Darcy: 152
Rio de Janeiro: 57, 143
Rio da Prata: 211
Ríos Montt, Efraín: 52
Ríos y Lisperguer, Catalina de los: 184
Rivera, Diego: 166
Rivera, Fructuoso: 55
Rivera, Norberto: 95
Rodríguez, Fernando: 222, 223
Rodríguez Lara, Guillermo: 94
Rodríguez, Lila: 197
Rojas, Orlando: 78
Rosaldo, Manuel: 198
Rosário: 57, 230
Rosenbaum, Lew: 221
Ruiz, Samuel: 49
Romênia: 65
Rússia: 61
Ruskin, John: 174

S
Sabaneta: 187
Sainte-Anne: 157
Salazar, Bernardo de: 30
Salsipuedes, arroio: 55
Salta: 220
Samir: 137
San Blas, arquipélago de: 186
San Columba: 66
San José: 87
São Paulo: 57, 88, 142
São Petersburgo: 61
San Roque: 122
San Severiano, bairro de: 121
Santafé: 215
Santa Inquisição: 149
Santa Lucía, morro: 53
Santiago do Chile: 53, 148
Sartre, Jean-Paul: 240

Satã: 27
Satanás: 23
Schiaffino: 145
Scotland Yard: 143
Sears: 81
Senegal: 128
Sevilha: 159, 164
Shen Nong: 102
Sherazade: 213, 215
Sichuan: 18
Snow, Dean: 231
Sobre a igualdade das raças humanas: 72
Sociedade Rural Argentina: 67
Sócrates: 142
Solé, Carlos: 145
Soledad: 212
Sports Illustrated: 147
Sunset Café: 58

T
Tacuarembó: 202
Templete de los Héroes: 94
Tenali: 201
Texaco: 94
Tezcatlipoca: 21
Thuram, Lilian: 70
Tijuana: 40
Toledo, José Bonifacio de: 129
Torote, Ignacio: 43
Tribunal das Águas: 103
Tristán Narvaja: 59
Trótski, León: 57
Tunupa: 64
Túpac Amaru: 43
Turim: 189
Twain, Mark: 150

U
Uaxactun: 29
Ulisses: 22
Ungerfelder, David: 40

Universidade do México: 226
Urraká: 41
Urtubia, Lucio: 162
Uruguai: 55, 87, 96, 143, 145, 146, 192, 218, 226

V
Valência: 103
Valladolid: 149
Vale dos Reis: 82
Ventocilla, Jorge: 212
Veracruz: 62
Veraguas: 41
Viena: 57
Vietnã: 188
Villagra, Helena: 118, 208, 222, 224
Viotran: 95
Virgem de Guadalupe: 95
Virgem Maria: 172
Virgem negra: 70
Virgílio: 128

W
Waka: 56
Wallparrimachi Mayta, Juan: 42
Wall Street: 227
Walmart: 81
Wheatley, Phillis: 128
Weinberg, Daniel: 156
Winstanley, Gerrard: 84

Y
Yacambú, rio: 125
You Lin, Wu: 95

Z
Zepeda, Máximo: 188
Zeus: 75
Zola, Émile: 58
Zorrilla, China: 226
Zurique: 143

lepmeditores
www.lpm.com.br
o site que conta tudo

IMPRESSÃO:

PALLOTTI
GRÁFICA

Santa Maria - RS | Fone: (55) 3220.4500
www.graficapallotti.com.br